Andreas Rückzugsort ist ihr kleines Apartment. Von dort aus kann sie das Empire State Building sehen, das sie jeden Abend zeichnet. Stück für Stück offenbart sich ihre andere Seite: ihr geplatzter Traum von einem Leben als Künstlerin, ihr Aufwachsen mit einer überforderten Mutter, ihre Unsicherheit im Job, ihre gescheiterten Beziehungsversuche. Vor allem scheut Andrea die Begegnung mit ihrem Bruder und dessen todkranker Tochter, um die sich alle Gespräche der Familie drehen – bis sie sich eines Tages aus ihrer selbstgewählten Einsamkeit in die Wälder von New Hampshire aufmacht.
Treffsicher und mit funkelndem Witz porträtiert Jami Attenberg eine Heldin, die keine sein will: unbequem und charmant, kompromisslos und verletzlich zugleich.

JAMI ATTENBERG, geboren 1971 in Illinois, studierte an der Johns Hopkins University in Baltimore und lebt in Brooklyn, New York. Sie hat Erzählungen und Romane veröffentlicht. Für »Die Middlesteins«, ihr viertes Buch, wurde sie vielfach ausgezeichnet.

# Jamie Attenberg

# Nicht mein Ding

Roman

*Aus dem Englischen
von Barbara Christ*

**btb**

Die amerikanische Originalausgabe »All Grown Up« erschien
bei Houghton Mifflin Harcourt, Boston/New York

Penguin Random House Verlagsgruppe FSC® N001967

1. Auflage
Deutsche Taschenbuchausgabe Januar 2023
Copyright © 2023 by btb Verlag
in der Penguin Random House Verlagsgruppe GmbH,
Neumarkter Straße 28, 81673 München
Copyright der Originalausgabe: © Jamie Attenberg, 2017
Copyright der deutschen Erstausgabe © Schöffling & Co.
Verlagsbuchhandlung GmbH, Frankfurt am Main 2020
Covergestaltung: semper smile, München nach einem Entwurf
von Schöffling  unter Verwendung eines Coverdesigns von
Harper Collins und eines Motivs von © Sinem Erkas
Druck und Einband: GGP Media GmbH, Pößneck
mn · Herstellung: sc
Printed in Germany
ISBN 978-3-442-77124-0

www.btb-verlag.de
www.facebook.com/btbverlag

# Nicht mein Ding

## DAS APARTMENT

Du studierst Kunst, du findest es furchtbar, du brichst ab, du ziehst nach New York City. Für die meisten Leute ist das eine Geste, die Ehrgeiz beweist, nach New York City ziehen. Aber für dich besiegelt es nur dein Scheitern, weil, dort bist du aufgewachsen, also kehrst du, nachdem du es in der wirklichen Welt nicht geschafft hast, bloß wieder nach Hause zurück. Mental im Rückwärtsgang.

Eine Weile wohnst du downtown bei deinem Bruder und seiner Freundin in einer Kammer, wo dein Bett zwischen Schuhregalen und ein paar von den Gitarrenkoffern deines Bruders klemmt, und einer Wand voller Bücher aus dem Grundstudium seiner Freundin an der Brown University. Du findest einen Job, mithilfe besagter Freundin. Einen Job, den du weder hasst noch liebst, aber du kannst dich schlecht über geregelte Arbeit beschweren, du bist schließlich nicht besser als alle anderen und in gewisser Hinsicht noch viel, viel schlimmer. Du siehst ein, wie privilegiert du bist, und du packst es an.

Du verdienst allmählich Geld. Du findest ein kleines, verstaubtes, schäbiges Loft in einer miesen Ufergegend in Brooklyn. Es hat ein einziges, bodentiefes Fenster, das ein winziges Empire State Building in der Ferne schön umrahmt. Jetzt bist du zu Hause. Alle in deinem Leben atmen auf. Jetzt ist sie in Sicherheit, denkt jeder. Nie sagt irgendjemand zu dir: »Und, hast du aufgehört mit der Kunst?« Weil, sie wollen die Antwort nicht hören oder es ist ihnen egal oder sie haben Angst zu fragen, weil du ihnen Angst machst. Wie dem auch sei, alle machen sich mitschuldig daran, an deiner neuen Lebensphase ohne Kunst. Auch wenn du nichts auf der Welt mehr geliebt hast.

Aber du hast ein kleines Geheimnis: Du produzierst zwar keine Kunst mehr, aber immerhin zeichnest du jeden Tag. Irgendjemandem davon zu erzählen hieße einräumen, dass deinem Leben etwas fehlt, und das sagst du lieber nicht laut, außer in der Therapie. Aber so ist es, einmal täglich zeichnest du immer wieder dasselbe: dieses gottverdammte Empire State Building. Jeden Morgen (beziehungsweise Nachmittag, am Wochenende, je nach Kater) stehst du auf, trinkst eine Tasse Kaffee, setzt dich an den Spieltisch am Fenster und zeichnest es, normalerweise mit Bleistift. Wenn du Zeit hast, auch mit Tusche. Manchmal, wenn du spät dran bist und zur Arbeit musst, machst du es stattdessen abends, und dann kolorierst du die Skizzen auch, um wiederzugeben, dass sich die Beleuchtung des Gebäudes ständig verändert. Manchmal zeichnest du nur das Gebäude und manchmal zeichnest du die Gebäude darum herum und manchmal zeichnest du den Himmel und manchmal zeichnest du die Brücke im Vordergrund und manchmal zeichnest du den East River und manchmal zeichnest du den Fensterrahmen um die ganze Szenerie. Diese Zeichnungen füllen ganze Skizzenbücher. Du könntest ewig dasselbe zeichnen, wird dir klar. *Niemand steigt zweimal in denselben Fluss, denn es ist nicht derselbe Fluss, und es ist nicht derselbe Mensch*, das hast du einmal gelesen. Das Empire State Building ist dein Fluss. Und du musst dein Apartment nicht verlassen, um hineinzusteigen. Du fühlst dich wieder sicher in der Kunst, auch wenn du weißt, dass du nicht besser wirst, dass man die Arbeiten, die du machst, an sonnigen Samstagen auf dem Gehweg vor dem Central Park an Touristen verkaufen könnte, und das war's dann auch. Sie haben nichts Herausforderndes, keine Botschaft, nur dein Ausblick in ständiger Wiederholung. Aber mehr kannst du nicht tun, mehr hast du nicht zu bieten, und es reicht gerade für das Gefühl, etwas Besonderes zu sein.

Das machst du sechs Jahre lang. Apartment in Brooklyn, eine Gegend im Umbruch, wieso umziehen, wenn die Miete so günstig ist? Mittelmäßiger, aber gut bezahlter Job, in dem du glänzt; du erhältst öfter eine kleine Beförderung. Ehrenamtliches Engagement hier und da. Du gehst demonstrieren, wenn deine aktivistische Mutter sagt, dass du demonstrieren sollst. Unnütze Skizzenbücher stapeln sich auf dem untersten Brett eines Bücherregals. Lindern kaum das höllische Jucken. Außerdem trinkst du viel, und lange Zeit nimmst du auch Drogen, Koks hauptsächlich und Ecstasy, aber manchmal auch Pillen, um am Ende der Nacht wieder runterzukommen. Auch eine Art, den Juckreiz zu lindern. Und es gibt Männer, in deinem Bett, in deiner Welt, irgendwie, doch dir ist weniger an ihnen gelegen als vielmehr daran, jene Stimme in deinem Kopf zu dämpfen, die dir sagt, dass du nicht das Geringste mit deinem Leben anfängst, dass du ein Kind bist, dass die Insignien des Erwachsenseins nur Verarsche sind, dass sie einen Dreck bedeuten und du zwischen allen Stühlen sitzt und immer sitzen wirst, es sei denn, etwas zwingt dich zur Veränderung. Und außerdem, die künstlerische Arbeit fehlt dir.

Deinen Bekannten scheint Veränderung leicht zu fallen. Sie haben keine Probleme damit, im Beruf erfolgreich zu sein und Apartments zu kaufen und in andere Städte zu ziehen und sich zu verlieben und zu heiraten und Doppelnamen zu bilden und Katzen aus dem Tierheim zu adoptieren und schließlich Kinder zu kriegen und das alles akribisch im Internet zu dokumentieren. Es scheint sie keinerlei Anstrengung zu kosten. Ihre Leben sind aufgebaut wie Fertighäuser – jedes kostbare, aber komplett vorhersehbare Klötzchen wird vor deinen Augen auf ein anderes gesetzt.

Am tollsten ist es, wenn eine Freundin mit dir was trinken gehen will, eine Freundin, mit der du schon zahllose Gläser in deinem Leben getrunken hast, und wenn ihr dann an der Bar sitzt, starrt deine Freundin in die Karte und bestellt nichts und du sagst gezwungenermaßen: »Trinkst du nichts?«, und sie sagt: »Ich würde ja gern« und macht eine dramatische Pause und du weißt genau, was als Nächstes kommt. Gleich erzählt sie dir, dass sie schwanger ist. Und zwar mit diesem Subtext, dass du Glück hast, weil du noch was trinken kannst, und sie kein Glück hat, weil sie nichts trinken kann, mit diesem blöden Baby im Bauch. So ein dämliches Drecksbaby. Im Bauch.

Irgendwann werden dein Bruder und seine Frau schwanger, und du kannst nicht mal ablästern, weil es deine Familie ist, und außerdem waren sie immer unfassbar gut zu dir, dein Bruder und du, ihr habt nämlich eine besondere Bindung durch das frühe Ableben eures Vaters, Überdosis. Du organisierst eine Babyparty, auf der du zu viel Sekt-Orange trinkst und auf der Toilette weinst, aber relativ sicher bist, dass niemand es merkt. Nicht, dass du ein Baby willst oder heiraten willst oder so. Das ist nicht dein Ding. Du hast es nur einfach irgendwie satt. Hast die Welt satt. Hast es satt, irgendwo hinpassen zu wollen, wo du nicht passt. An diesem Abend gehst du nach Hause und zeichnest das Empire State Building und es gibt dir Hoffnung, das zu tun, was du so liebst, so viel Hoffnung, dass du online nachschaust, wofür die Farben heute Abend stehen – grüne und blaue Beleuchtung –, um zu erfahren, sie ehren den Nationalen Tag der Essstörungen, was dich wieder total deprimiert, obwohl du nie im Leben essgestört warst.

Neun Monate kommen und gehen, jeden Moment könnte ein Baby geboren werden. Du rufst deinen Bruder an, um zu erfahren, wann genau, aber sie haben so eine hippiemäßige Hebamme, und er sagt: »Wissen wir noch nicht. Könnte noch eine Woche dauern.« Auf einmal bist du ganz hibbelig vor Begeisterung. Es wird ein Mädchen. »Ruf mich an, sobald du was hörst, was auch immer«, sagst du zu ihm. Dann hast du drei ungemein öde, nervtötende Nachmittagsmeetings hintereinander, und danach wirst du in eine andere Box versetzt, zusammen mit einer neu eingestellten Kollegin, die dreizehn Jahre jünger ist als du und irrsinnig witzig und laut und hübsch und die wahrscheinlich halb so viel verdient wie du, aber trotzdem alles für enge Kleider ausgibt. Es ist Freitag. Du gehst bei dir um die Ecke was trinken. Etwas zu viel. Dann rufst du deinen Dealer an, den du seit Jahren nicht angerufen hast. Du fasst es nicht, dass seine Nummer noch funktioniert. Er sagt: »Wir haben uns eine Weile nicht gesehen.« Du sagst: »Ich war beschäftigt«, als müsstest du rechtfertigen, dass du keine Drogen mehr nimmst. Du kaufst nicht besonders viel, gerade genug, doch dann lernst du an der Bar einen Mann kennen – ihr tut beide so, als würdet ihr euch schon kennen, was nicht stimmt, aber es fühlt sich, warum auch immer, sicherer an – und er hat mehr als genug für euch beide. Dann geht ihr zusammen nach Hause, zu dir, zum winzigen Manhattan im Fenster, zu den Skizzenbuchstapeln, und ihr zwei macht euch daran, die ganzen Drogen zu nehmen. Das geht so stundenlang. Ein bisschen Sex kommt auch vor, aber ihr seid beide nicht übermäßig interessiert aneinander. Die Drogen verbinden, weiter nichts. Du hast nicht mal Bock, Bock zu haben. Irgendwann geht er, und du schaltest dein Telefon aus und legst dich schlafen. Am Sonntagabend wachst du auf. Du schaltest dein Telefon an. Es sind acht Nachrichten von deinem Bruder und von deiner Mutter da. Du hast die Geburt deiner Nichte verpasst.

Danach nimmst du keine Drogen mehr, nie wieder. Keine Entziehungskur nötig. Du fängst an, die Welt mit neuen Augen zu sehen. Aber die Welt sieht aus wie immer. Job, Apartment, Freunde, Familie, Ausblick. Ein paar Wochen lang scheint es, als stünde auf der Arbeit eine mächtige Beförderung an, aber dann wird dir klar, dass du dadurch auch mehr Verantwortung bekommst, also windest du dich irgendwie wieder raus. Diese Beförderung würde bedeuten, dass du noch eine Weile bleibst. Du belügst dich selbst: Ich sollte mir alle Optionen offenhalten. Man weiß nie, was noch passiert.

Nach wie vor zeichnest du. Das ist das Beste an deinem Tag. Das ist dein wahrhaftigster Moment. Dann strömt der Atem aus deinem Körper und du hast das Gefühl, ein wenig über dem Boden zu schweben. An Neujahr, jenem Tag der Neuanfänge, gestattest du dir, ein paar alte Skizzenbücher durchzublättern. Du begreifst, dass du besser geworden bist. Du bist nicht *un*begabt. Das ist etwas, das dich erfüllt. Du lässt es sacken. Du lässt es sacken mit dir. Du gestattest dir das Glücksgefühl, dich selbst zu mögen. Und wenn das schon genügt?

Als du eine Woche später aus deinem Mietshaus trittst, fällt dir auf, dass das Grundstück gegenüber eingezäunt ist. Da steht ein Schild, eine Baugenehmigung. Ein zehnstöckiges Gebäude mit Eigentumswohnungen. Beginn in einem Monat. Du wohnst im fünften Stock. Dieses Gebäude wird dir den Blick verstellen, definitiv. Ganz kurz fragst du dich, ob das ein Scherz ist. Du schaust dich um, ob irgendwo eine Kamera auf dich gerichtet ist, deine Reaktion erwartet, aber nein, es ist real, dein Leben wird sich verändern. Endlich überrascht dich mal was.

Ein Jahr lang wird an dem Haus gebaut, und du siehst jeden Tag zu, wie es entsteht. Stein für Stein. Du weißt nicht, wann genau es fertig sein wird, wann du den Blick tatsächlich verlieren wirst, doch du beschließt, eine letzte Party zu geben, die das Ende markiert. Du lädst alle ein, die du kennst, und sogar Kinder dürfen kommen. Deine Freunde stoßen auf das Empire State Building an, und auf dich. »Der Blick war gut«, sagt eine deiner alten Freundinnen von der Arbeit, mit ihrem Verlobten im Schlepptau. »Es war kein Millionen-Dollar-Blick«, sagst du, »aber fünfzehnhundert im Monat war er wert.« »Da hast du aber einen super Deal«, sagt der Verlobte. »Du kannst nicht umziehen, nicht mal ohne den Blick. Das Apartment hier kannst du nie verlassen«, sagt er und schüttelt dich an den Schultern.

Am Tag, als der letzte Stein einzementiert und dein Ausblick offiziell weg ist, kaufst du eine Flasche Wein und bestellst eine Pizza und setzt dich an deinen Tisch. Du starrst auf Luft und Nichts und Stein. Was dich zu etwas Besonderem gemacht hat, ist weg. Diesen Ausblick kriegst du nie zurück, so wenig wie diese Zeit. Und vorzuweisen hast du daraus nichts als diese Skizzenbücher, die sowieso unnütz sind. Du denkst daran, sie zu verbrennen, aber was würde das bringen? Und nur sie sind der Beweis, dass es dich auf dieser Welt gegeben hat. Du begreifst, du hast dir die ganze Zeit nur beweisen wollen, dass du noch lebst. *Aber wenn ich das hier nicht habe, bin ich dann tot?* Bestimmt nicht. Bloß nicht. Du beißt in deine Pizza und trinkst einen Schluck Wein und stellst dir die Frage, für die du endlich bereit bist: Und jetzt?

## ANDREA

Ein Buch erscheint. Es ist ein Buch über das Dasein als Single, geschrieben von einer extrem attraktiven Frau, die mittlerweile verheiratet ist, und es arbeitet kritisch, wenn auch wehmütig ihre Zeit als Alleinstehende auf. Ich habe kein Interesse daran, das Buch zu lesen. Ich bin schon Single. Ich bin seit Langem Single. Aus diesem Buch kann ich über das Dasein als Single nichts lernen, was ich nicht schon weiß.

Aber egal – alle, die ich kenne, erzählen mir von diesem Buch. Sie bringen wie Brieftauben flatternde Botschaften, auf Geheiß eines niederträchtigen Medienmaestros von einem Dach in Midtown Manhattan. Nichts wird sie daran hindern, ihren Bestimmungsort zu erreichen, mich, den mutmaßlichen Kern ihrer Zielgruppe.

Meine Kollegin Nina reicht mir mit klimpernden Armreifen ihr ausgelesenes Exemplar, obwohl ich nie ein Interesse geäußert habe, es zu lesen, geschweige denn mit ihr darüber gesprochen hätte. Sie ist erst seit Neuestem Single, und sie ist vierundzwanzig. Eine Frau, die nicht erst seit Neuestem Single und auch keine vierundzwanzig ist, würde sich hüten, das Buch an eine andere Singlefrau weiterzugeben.

Meine Mutter bestellt online ein Exemplar für mich und eines Tages kommt es an, überraschend mit der

Post, ohne beigefügte Notiz oder Namen, und ich brauche eine Woche, um herauszufinden, wer es mir geschickt hat. Die ganze Zeit denke ich: Ein Geist hat mir das Buch geschickt. Ein Geist will, dass ich über das Dasein als Single nachdenke.

Schließlich gesteht meine Mutter, dass es von ihr kommt. (Sie sieht das natürlich nicht als Geständnis. Ich bin die Einzige, die das so sieht.) »Hast du das Buch bekommen?«, fragt sie. »Ach, *du* hast das Buch geschickt«, sage ich. »Mom, warum schickst du mir so ein Buch?« »Ich dachte, es würde helfen«, sagt sie.

Meine Schwägerin, die im Hinterland von New Hampshire wohnt und ihr Leben der Pflege ihres sterbenden Kindes, meiner Nichte, gewidmet hat und ihre Tage damit verbringt, über die Sterblichkeit zu sinnieren, erwähnt das Buch während meines wöchentlichen Sonntagsanrufs bei ihr zu Hause. »Hast du von diesem Buch gehört?«, sagt sie. »Ja«, sage ich. »Ich habe von dem Buch gehört.«

Alte Freundinnen vom College posten Links zu Kritiken davon auf meiner Facebook-Seite und schreiben Sachen wie: »Klingt, als könnte dir das gefallen« oder »Das hat mich an dich erinnert«. Ich denke: Muss mir das jetzt gefallen? Weil, es gefällt mir nicht. Es missfällt mir. Wo ist mein »Missfällt mir«-Button? Wo klicke ich, um zu schreien?

Ich gehe zu meiner Therapeutin und sage: »Warum denken alle nur an das Single-Sein, wenn sie an mich denken? Ich bin doch auch noch was anderes.«

Und sie ist entzückt, dieses alte, ironische, runzlige, gerissene Aas. Das fühlt sich jetzt an wie ein Durchbruch, zumindest wie eine wertvolle Übung, ein Lernmoment. Immerhin. Hiermit verändert sich etwas in unserem Gespräch. Eine Behauptung wird aufgestellt, eine These zu meinem Leben, endlich. »Dann sagen Sie mir, wer Sie sind«, sagt sie. »Welche Aussagen treffen außerdem zu?«

»Tja, ich bin eine Frau«, sage ich.

»Gut, ja.«

»Ich arbeite in der Werbung als Designerin.«

»Ja.«

»Im Prinzip bin ich Jüdin.«

»Okay.«

»Ich bin New Yorkerin.«

Allmählich werde ich unsicher. Bestimmt bin ich mehr als das.

»Ich bin eine Freundin«, sage ich. »Ich bin eine Tochter, ich bin eine Schwester, ich bin eine Tante.« All das war in letzter Zeit irgendwie weiter weg, aber es existiert als Teil meiner Identität.

In meinem Kopf denke ich:

Ich bin allein.

Ich bin eine Trinkerin.

Ich bin eine ehemalige Künstlerin.

Ich bin eine, die im Bett kreischt.

Ich bin die Kapitänin des sinkenden Schiffs, das mein Leib ist.

Zu meiner Therapeutin sage ich: »Ich bin brünett.«

Ich gehe zu einem Date mit einem Mann, den ich aus dem Internet kenne, und es läuft nicht gut. Auch wenn es mir einen gewissen Triumph bereitet, dass ich nicht diejenige bin, die bei diesem Date zu viel trinkt, währt das nur vorübergehend, denn ich muss trotzdem mit einem Betrunkenen fertigwerden, ich muss trotzdem Zeit mit diesem Mann verbringen, aufpassen, ob er feindselig wird oder fröhlich. Ich muss neben mich treten. Das hier ist kein Date; das hier ist ein Vorsprechen für ein Stück über ein schreckliches Date.

Er hat schon zwei Bourbon intus, als ich komme, und ich reagiere mit Nachsicht, dann aber doch angesäuert, weil ich das Gefühl habe, dass er mich zu oft berührt. Er ist zu vertraulich, zu aufdringlich, und außerdem trägt er Rollkragen, und er hat nicht den richtigen Kopf für einen Rollkragen, vielleicht liegt es auch nur an seinem Kinn, oder am Mund, keine Ahnung, ich meine, ich *kann* einfach nicht mit diesem Rollkragen. Und dann, als wir auseinandergehen, fragt er mich, ob ich es gelesen habe, das Buch. Ich sage: »Nein, du?« Und er sagt: »Nein, ich lese nicht viel«, und ich denke: *Quelle surprise.* Und dann meint er noch: »Ich weiß aber, es geht da total um dich.« Und ich sage: »Du bist doch auch Single, wieso geht es nicht um *dich*?« Und er sagt: »Ach, das? Für mich ist das nur vorübergehend.«

Die Beständigkeit meiner Unbeständigkeit. Sie gehört zu mir, so stehe ich da. Ich stehe vor ihm am Eingang einer U-Bahn-Station und besitze nichts als mich selbst. Ich selbst bin alles, will ich ihm sagen. Doch für ihn heißt das: nichts, denn so nimmt er sich im Augenblick wahr. Er ist allein, also ist er nichts. Wie erkläre ich ihm, dass das, was für ihn gilt, für mich nicht gilt? Sein Kontext ist nicht mein Kontext. Wie jagt man den Bus in die Luft, mit dem man sein Leben lang fahren musste? Man ist nicht schuld, wenn es kein anderes Transportmittel gab.

»Du solltest es lesen«, sagt er, und ich schlage ihm mit der Handtasche auf den Arm, als wäre ich angegriffen worden und wollte ihn verjagen. Ich verlasse die Bühne, Vorsprechen beendet, und er schreit mir seinen letzten Text hinterher: »Hey, was sollte das jetzt?« Falls er mich Schlampe genannt hat, erinnere ich mich nicht, es gehört zu haben. Wahrscheinlich hat er es nur gemurmelt. In letzter Minute improvisiert.

Ich lese das Buch nicht. Ich lasse es in der Waschküche meines Mietshauses liegen, und als ich das nächste Mal komme, ist es weg. Meine Mutter fragt nicht wieder danach. Ihre Einschätzung dessen, was mich gerade belastet, verändert sich ständig. Das Single-Dasein ist vorläufig vergessen.

Vergessen wir das, ja? Bitte, können wir einfach alle über was anderes reden?

# INDIGO HEIRATET

Ich fliege nach Seattle, allein, zur Hochzeit meiner Freundin Indigo. Sie war eine der Ersten, mit denen ich mich auf der Arbeit angefreundet habe, als ich neu in der Werbung war, und über Jahre hinweg sind wir zusammen praktisch jeden Donnerstagabend zur Happy Hour in Midtown was trinken gegangen und manchmal sogar zusammen weggefahren, nur übers Wochenende, aber immerhin. Ihre Mutter stammt aus Trinidad und ihr Vater ist weiß, und wo ich auch mit ihr hinging, sagten die Männer zu ihr, sie sei »exotisch«, worauf sie immer entgegnete: »Ich bin kein Vogel und keine Blume, ich bin ein menschliches Wesen.« Schließlich kündigte sie ihren Job, um Yogalehrerin zu werden, aber jetzt heiratet sie einen reichen Mann, also arbeitet sie nur Teilzeit. Dennoch geben sie eine Hippie-Hochzeit, zumindest lässt das Drumherum darauf schließen. Beide gehen barfuß. Überall sind Wildblumen. Ihr Kleid sieht aus, als hinge es in Fetzen. Wir befinden uns in irgendjemandes Garten, nur dass es ein Garten mit Blick auf den Puget Sound ist.

Ich sitze am Single-Tisch unter einem Geflecht aus blinkenden Lämpchen und Weinblättern. Es gibt vier weitere Single-Frauen am Tisch: zwei Lesben, die beste Freundinnen und offenbar voll damit beschäftigt sind, alle durchzuhecheln, mit denen sie auf dem College waren; eine ehemalige Nonne, deren Geschichte den ganzen Abend über ein Geheimnis bleibt; und als Vierte Karen, eine echte Karrierefrau. Ich sage das nicht, um mich über sie lustig zu machen, sondern weil sie sich selbst so bezeichnet hat, was bedeutet, dass es doppelt zutrifft. Zwei schwule Männer sitzen am Tisch, die mal zusammen waren und den Abend als Gelegenheit nutzen, ein paar Sachen zu klären, und zwei Heteros: ein frisch geschiedener Onkel des Bräutigams namens Warren und ein großer, breiter Kerl namens Kurt, der in der Firmenzentrale der Seattle Mariners tätig ist.

Ich schaue zu, wie sich Karen zügig mit Sancerre zuschüttet, und Kurt macht mit, allerdings trinkt er Scotch. Sie flirten heftig, schamlos, geradezu professionell, und man hat das Gefühl, nicht mehr auf einer Hochzeit zu sein, sondern eher in einer Bar, wo vor ihnen ein Körbchen Popcorn steht und im Fernsehen lautlos eine Sportsendung läuft und eine Jukebox alle Viertelstunde von selbst anspringt und einen fetzigen, klangmanipulierten Popsong nudelt. Warren und ich lehnen uns zurück und schauen ihnen beim Flirten zu, unsere eigene Form des Flirts. Es ist, als hätten wir ein gemeinsames Date zu viert, nur dass wir die beiden nicht ausstehen können.

»Schau's dir genau an«, sage ich zu Warren. »Darauf darfst du dich jetzt freuen.«

Warren lacht mich aus. Er ist Anfang fünfzig und tritt ruhig und gelassen auf, und er hat noch sämtliche Haare, die an den Schläfen ergrauen, und er ist reich wie sein Neffe, der meine Freundin Indigo heiratet. Er erzählt mir, dass er sich gerade einer Wandergruppe angeschlossen hat. »Ich habe das immer mit meiner Frau gemacht, und dann habe ich es allein gemacht, aber ich kann mir vorstellen, manchmal ganz gern zusammen mit anderen zu gehen«, sagt er. Seine Arme sind gebräunt und schlank. Außerdem erzählt er mir, dass er sich vor einem halben Jahr einen Hund angeschafft hat, und sie gehen jeden Morgen in den Park. Schon dass der Hund auf ihn wartet, wenn er nach Hause kommt, hilft ihm, diese schwierige Zeit zu überstehen. »Ich bin froh, dass du einen Hund hast«, sage ich.

Wir essen Austern, am selben Morgen geerntet, vor dem Servieren aus der Schale gelöst, aber noch tief darin. Wir trinken Champagner, den richtig guten aus Frankreich, und es gibt einen Toast und dann noch einen und noch einen. Kurt hat seine Krawatte gelockert und den Arm um Karen gelegt. Er küsst sie auf die Wange, sie flüstern einander ins Ohr. Irgendwas hecken sie aus. Die Sonne sinkt hinter der Olympic-Halbinsel und wir sind alle geblendet. »So was hab ich noch nie gesehen«, sage ich. Ich komme nicht oft aus New York City raus. »Ich sehe das jeden Tag, und ich werde es nie leid«, sagt Warren.

Kurt und Karen verkünden ihren Beschluss, sich für den Rest des Abends als Paar auszugeben. Wäre das nicht der Brüller? Wenn sie so tun, als würden sie einander schon kennen, als wären sie ein halbes Jahr zusammen, als wären sie gemeinsam erschienen, ein großes, romantisches Date. »Wir kennen uns vom Kegeln«, sagt Kurt. »Nein, vom Kajaken«, sagte Karen. »Vom Kajaken, klar«, sagt Kurt. »Gerade hat er zum ersten Mal mit meiner Mutter zu Abend gegessen, letztes Wochenende, und sie fand ihn so toll«, sagt Karen. »Und ich fand sie toll. Von dieser Frau muss man einfach bezaubert sein!«, sagt Kurt. Karen ist in Hochstimmung. »Eigentlich sollten wir gar nicht hier am Tisch sitzen«, sagt sie. »Es gab keinen Platz mehr. Das war ein Irrtum.« Die ehemalige Nonne schaut die beiden verständnislos an. »Warum sollten Sie nicht hier am Tisch sitzen?« »Weil wir keine Singles sind«, sagt Karen. »Wir sind zusammen. Wir sind ein Paar.« »Das verstehe ich nicht«, sagt die Nonne. »Machen Sie sich keine Mühe«, sage ich und tätschle ihre Hand.

Nach den Toasts mischen sich Karen und Kurt unter die Gäste, eng umschlungen, und tun so, als wären sie verliebt. Kurt stellt Karen irgendwo als seine »LG« vor. »Was ist eine LG?«, fragt Warren mich. »Lebensabschnittsgefährtin«, sage ich. Warren seufzt tief und hält sich mit beiden Händen an der Tischkante fest. »Ach, Warren«, sage ich. »Ich hätte nie gedacht, dass es so schwer wird, hierherzukommen«, sagt er. »Es ist nur schwer, wenn du es dir schwer machst«, sage ich. »Na komm, lass uns tanzen.« Das war jetzt unbedacht. Ich tanze nicht gern. Aber ich wusste, Warren würde sich gut halten. Er ist ein stabiler Mann. Er könnte mich führen.

Wir tanzen Slow zu einer Coverversion von Dylans

»Like a Rolling Stone«. Jedes Mal, wenn der Leadsänger der Band »How does it feel?« kräht, singen alle mit. Am anderen Ende der Tanzfläche schreien es Karen und Kurt einander ins Gesicht. Indigo und ihr neuer Ehemann Todd tanzen zu uns herüber. Indigo sieht umwerfend aus, und das sage ich ihr, und wir umarmen uns und tanzen. »Ist das die beste Party auf dem Planeten?«, sagt sie. »Sie ist monumental«, sage ich. »Stratosphärisch.« »Hast du genug Champagner abgekriegt?«, sagt sie. »Alles perfekt«, sage ich. »Ich bin froh, dass du mit Warren tanzt«, sagt sie. »Ich dachte mir, dass ihr euch gut versteht.« »Warum dachtest du das?«, sage ich. »Du kannst so gut mit verletzten Männern«, sagt sie. Sie beugt sich ganz nah zu mir hin. »Du bist gütiger, als du weißt«, sagt sie. Todd packt sie und sie tanzen davon, bevor ich betonen kann, dass sie sich irrt. Ich betrachte die Braut in zerfetzter Seide und mit einem Ring, größer als alle Sterne am Himmel.

Später sitzen Warren und ich allein wieder am Tisch und haben die Füße hochgelegt. Vor uns stehen Eisbecher mit Schokosoße und Karamell. Ich bitte ihn um seine Kirsche und er gibt sie mir und ich esse sie gierig auf. Er hat mir von einer der drei Firmen erzählt, die er besitzt. Karen und Kurt kommen angestolpert. Sie hält eine Flasche Champagner in der Hand. Das ist ihre Flasche, und ich würde gerne erleben, wie jemand versucht, sie ihr wegzunehmen.

»Und, wie lief's?«, frage ich. »Haben es euch alle abgekauft?« »Ein paarmal sind wir aufgeflogen«, räumt

Kurt ein. »War aber lustig!«, sagt Karen. »War doch lustig, oder?« Kurt nickt. Kurt wirkt, als wäre er bereit, auf den Erdboden zurückzukehren. »Und jetzt fahren wir zurück ins Hotel«, sagt Karen. »Ich und Carl.« »Kurt«, sagt Kurt. Seine Miene verfinstert sich. »Was?«, sagt sie. »Mein Name ist Kurt, nicht Carl.« »Ich meinte Kurt«, sagt sie. »O mein Gott. Tut mir leid. Du weißt, dass ich weiß, wie du richtig heißt, stimmt's?« Wir warten und beobachten, Warren und ich. Kurt und Karen brechen zusammen auf.

»Was würdest du tun, wenn du Kurt wärst?«, sage ich zu Warren. »Ich würde die Frau zurück ins Hotel bringen und sie ins Bett verfrachten und dann in mein eigenes Zimmer gehen und mir einen runterholen«, sagt er. »Gut möglich, dass sie umkippt, bevor es richtig zur Sache geht«, sage ich. »Andererseits, und wenn schon.« »Wahrscheinlich bin ich altmodisch«, sagt Warren. »Ach ja?«, sage ich. »Aber du bist nicht *alt*. Für den Fall, dass du dich so fühlst. Weil, bist du nicht.« Ich lege ihm eine Hand auf den Arm und ich bin überzeugt, dass mein Lächeln elektrisierend ist. Ich denke an den Begriff der Güte. Ich streichle seinen Arm. Die Nacht ist kühl. Die Band kündigt den letzten Song an. Er sagt: »Ich hatte es schön mit dir.« Ich sage: »Ich auch mit dir. Das könnten wir doch fortsetzen. Alles ganz leicht und locker. Du kannst mit zu mir kommen, oder ich komme mit dir.« Ich streichle immer noch seinen Arm. »Ich verspreche dir, ich bin nicht betrunken.«

Er sagt: »Ich weiß, ich bin wahrscheinlich bescheuert, wenn ich dein Angebot nicht annehme, von einer schönen jungen Frau wie dir, aber so was mache ich nun mal nicht, so bin ich nicht. Ich sage nicht, dass du falschliegst, weil du bist, wie du bist, aber ich kann auch nicht sagen, dass es richtig ist. Ich kann nicht sagen, dass irgendwas von dem heute Abend hier richtig ist.« Ich ziehe meine Hand zurück.

Er sagt: »Ich war neunundzwanzig Jahre mit ihr zusammen. Wir haben direkt nach dem College geheiratet. Mit diesem Menschen wollte ich sterben. Ich habe mir nie Gedanken gemacht über Dates oder unverbindlichen Sex oder so irgendwas. Ich weiß nicht, wie ihr das alle macht. Ich weiß nicht, wie ich das machen soll. Bist du nicht einsam?« Ich sage: »Warren, bitte hör auf, so schrecklich zu sein.« Er sagt: »Tut mir leid.« Er hält inne, und dann wird sein Ton lauter. »Nein, es tut mir nicht leid. Du wolltest Sex mit mir. Und hast mich gerade erst kennengelernt. Du kennst mich erst seit drei Stunden.« Ich sage: »Warren, es tut mir leid. Ich habe mich doch geirrt. Du bist tatsächlich alt.«

Ich verlasse die Party. Mir kommen die Tränen. Indigo sieht mich beim Gehen. »Es war so ein schöner Abend«, sage ich und wische mir die Augen. »Ich bin ganz hin und weg. Ich freue mich so für dich.« Wir umarmen uns, und dann springe ich in einen Kleinbus, der draußen wartet, um mich ins Hotel zu bringen. Karen und Kurt sitzen schon drin, und als ich einsteige, hören sie auf zu knutschen. »Du findest was Besseres«, sage ich zu ihnen, ohne zu wissen, mit wem von beiden ich eigentlich rede.

## CHARLOTTE

2003 beziehe ich ein Apartment, eins mit winzigem Blick auf das Empire State Building, und ich kriege kaum das Geld zusammen für die Maklercourtage und die Kaution und die Miete für den ersten und den letzten Monat, aber ich schaffe es, und das ist ein Triumph. Nur Möbel kann ich mir nicht leisten. Ich habe eine Matratze und einen kleinen Küchentisch, der im Grunde ein Spieltisch ist, und weiter nichts. Irgendwann klappere ich den Sperrmüll in der Nachbarschaft ab. Zwei Blocks weiter, vor einem Seniorenheim, finde ich ein anständiges Bücherregal, Vollholz, ohne Macken. Kurz stelle ich mir den Tod daran vor, eine Bewohnerin, die in der Nacht verstirbt, ihre Kinder, wie sie das Porzellan fleddern, den Schmuck, die sepiafarbenen Fotoalben der Familie. *Will jemand dieses Bücherregal?* Nein. Ich wuchte es mir auf den Rücken und mache mich damit auf den Heimweg, wobei ich alle halbe Minute stehen bleibe, um auszuruhen. Es ist hoch, dieses Bücherregal, und es reicht in meinem Apartment bis fast unter die Decke. Ich staube es ab, und dann stelle ich mich auf eine Trittleiter und streiche es weiß. Als ich fertig bin, wische ich mir die Hände an meiner Jeans ab und lächle. Über Nacht trocknet das Bücherregal. Ich schiebe es an die hintere Wand des Apartments und ich bestücke es mit all meinen Kunstbüchern, geordnet nach Farben. Dann lade ich meine Mutter ein, damit sie sich meine neue Wohnung anschaut.

Was ihr beim Hereinkommen als Erstes auffällt, ist das Bücherregal, strahlend weiß, und sie fragt mich, woher ich es habe. Ich sage ihr die Wahrheit. »Sieht gut aus«, sagt sie. »Das muss ich einfach noch zehnmal machen, dann habe ich ein ganzes Apartment voller Möbel«, sage ich und dann bereue ich es schon, weil meine Mutter sich nicht schlecht damit fühlen soll, dass ich so lebe, auch wenn wir immer so gelebt haben, immer am Rand der Pleite. Sie setzt sich an den Küchentisch. Ich gieße Wein in ein Marmeladenglas und schiebe es ihr hin. Ein paar Minuten variiert sie das Thema, dass sie allein ist und meinen Vater vermisst. Meine Mutter ist seit fünfzehn Jahren Witwe, aber das beklagt sie immer noch gern, sobald ihr Liebesleben ein bisschen dröge wird. Bevor sie geht, sagt sie: »Ich kann dir Möbel geben«, und ich sage: »Mom, schon gut«, und sie sagt: »Nein, wirklich, ich habe ein paar Teile für dich«, und ich weiß gar nicht, wovon sie redet, ein paar Teile, sie hat nichts zu verschenken in ihrem Leben, und ich sage noch einmal Nein, und dann wird sie ein bisschen giftig und sagt: »Ich kann doch wohl meiner Tochter Möbel für ihr neues Zuhause geben, wenn ich das will«, und schließlich willige ich ein, und sie sagt, sie schickt jemanden rüber damit. Als sie weg ist, trinke ich den Rest aus der Weinflasche allein.

Ein paar Tage später taucht ein Mann mit einem Lieferwagen auf. Ich wage mich runter auf die Straße, um zu sehen, ob ich ihm tragen helfen kann. Er ist drahtig und ganz aufgekratzt, so eine hagere, elektrisierende, seltsame Energie. Er hat winzig kleine Ringellocken. Er stellt sich als Alonzo vor. »Ich bin ein Freund von deiner Mutter«, sagt er. Ich stelle keine Fragen. Meine Mutter hatte viele Freunde in ihrem Leben. Sie ist seit über dreißig Jahren politische Aktivistin und hat mit linksgerichteten Organisationen jeder denkbaren Schattierung zu tun. Bei uns gingen ständig Leute ein und aus. Dass jemand ihr aushalf, konnte alles bedeuten. Freundschaft war ein dehnbarer Begriff.

Eine Frau steigt vom Beifahrersitz. Eine gesunde, füllige Blondine, wahrscheinlich das Doppelte von ihm, sowohl größer als auch breiter. »Das ist mein Mädchen, zu Besuch aus Virginia«, sagt er. Sie winkt mir zu. Wie sie heißt, erwähnt er nicht. Er öffnet die Hecktür des Lieferwagens. Darin sind eine Lampe, ein Beistelltisch, noch ein Bücherregal, nichts Großartiges, aber auch ein Polstersessel mit Fußhocker, richtig toll, schwarzes Leder mit Holzrahmen, ein Eames oder eine gute Raubkopie, egal. Ich war schon länger nicht mehr zu Hause, doch ich bin relativ sicher, meine Mutter hat mir gerade ihr halbes Wohnzimmer geschenkt.

Alonzo und die Frau tragen die ganzen Möbel, bis auf die Lampe, die nehme ich selbst. Die Frau scheint das meiste Gewicht der Möbel zu schultern, während Alonzo sie wortlos dirigiert. Als sie fertig sind, sagt sie zu mir: »Wenn ihr den Sessel mal verkaufen wollt, sagt Bescheid. Herrlich. Das ist genau mein Sessel.« In ihrer Stimme liegt echtes Begehren. *Dieses Ding würde mich glücklich machen; an diesem Gegenstand hätte ich Freude.* Die Glückliche, zu wissen, was ihr guttut. Beinahe schenke ich ihn ihr in diesem Moment, aber ich bin zu klamm; ich brauche ihn selbst.

Stattdessen krame ich in meiner Handtasche nach einem Trinkgeld, doch Alonzo winkt ab. »Deine Mutter hat für alles gesorgt«, sagt er. Er reicht mir seine Visitenkarte mit einem Haufen Berufsbezeichnungen. Er ist Zimmermann, DJ und Motivationsredner. Außerdem macht er Körpertherapie. »Ruf mich an, wenn du mal irgendwas brauchst«, sagt er. »Mache ich alles.« Ich habe das Gefühl, er hat alles im Griff. Ich lege seine Karte in meine Küchenschublade: meine erste Visitenkarte im neuen Heim.

In der Woche darauf kommt meine Mutter und schaut sich an, wie ihre Möbel in meinem Apartment aussehen, und sie fragt nach Alonzo, aber eigentlich scheint es, als würde sie nach seiner Freundin fragen. »Hat er sich um dich gekümmert? Mit seinem Mädchen da?«, sagt sie. »Was bedeutet er dir?«, sage ich. »Er ist nur ein Freund. Er hilft gern. Das ist sein Ding«, sagt sie. »Ich kenne sonst niemanden, der so ist«, sage ich. »Tja«, sagt sie, »dann gibst du dich mit den falschen Leuten ab.«

Drei Jahre vergehen. Ich bin fast zweiunddreißig Jahre alt. Meine Mutter findet einen neuen Freund, doch irgendwann trennen sie sich, weil sie rauskriegt, dass er noch eine Freundin in Miami hat, und sie sagt: »Das war's. Mir reicht's. Das war der Letzte.« Während dieser Zeit heiratet mein Bruder eine wunderbare Frau, und bei der Hochzeit sieht sie aus wie eine Prinzessin, und deshalb glaube ich wieder daran, dass Liebe möglich ist. Auch wenn sie für mich nicht existiert, kann sie doch für andere existieren, und das ist mir ein Trost. Auf der Hochzeit schlafe ich mit einem der Freunde meines Bruders und er schleicht sich frühmorgens davon, ohne sich zu verabschieden, und wir sehen einander nie wieder, bis ich ein paar Jahre später zufällig sein Bild bei den Hochzeitsanzeigen in der Zeitung sehe, und ich denke: Schön für dich, aber auch: Fick dich – auch wenn mir dieses Gefühl gar nicht zusteht.

Ebenfalls während dieser drei Jahre bekomme ich im Job zwei Gehaltserhöhungen. Endlich kann ich die Schulden aus dem Aufbaustudium bezahlen, das ich nie abgeschlossen habe. Anschließend kaufe ich richtige Weingläser und neue Bücherregale und einen Küchentisch, aber ich behalte den Polstersessel samt Fußhocker, weil er mir gefällt. Neue Möbel fühlen sich erwachsen an. Außerdem höre ich weitgehend auf, Drogen zu nehmen, was sich besonders erwachsen anfühlt. Aber nicht mit so einer Zwölf-Schritte-Methode. Ich konnte es einfach nicht mehr ertragen, so verkatert zu sein.

Eines Nachts kokse ich dann doch auf einer blöden Geburtstagsparty für einen meiner alten Drogenfreunde. Als ich das Apartment betrete, sind alle schon high und ich rieche es und ich sehe es ihnen an und ich will es auch, denn das hier ist das Land ohne Nachspiel, diese Gemeinschaft, diese Gruppe von Menschen, dieses Loft im hintersten Bushwick. Ich nehme nicht mal besonders viel und ich gehe vor Mitternacht und bevor es zu gefährlich werden kann, aber dann bin ich drauf, ich bin im Arsch. Ich nehme ein Valium, um wieder runterzukommen, aber es wirkt nicht – beziehungsweise es wirkt, aber es wirkt gegen mich, und ich falle in qualvollen, schrecklichen Schlaf. Kurz vor dem Aufwachen habe ich einen Albtraum. Die Details der Handlung erspare ich dir, weil es langweilig ist, sich die Träume anderer Leute anzuhören, aber mein toter Vater kam darin vor. Ich hatte eine Weile gar nicht an ihn gedacht, hatte sogar jeden Gedanken an ihn aktiv zurückgedrängt, ohne ersichtlichen Grund, das heißt, wenn ich mich selbst dazu antrieb, tiefer über die Sache nachzudenken, hatte es vielleicht zu tun mit einem Gefühl des Scheiterns und der Unzufriedenheit mit meinem eigenen Dasein, und meiner Angst, damit seinen persönlichen Entwicklungsverlauf nachzuvollziehen, aber das ist nur eine Vermutung! Eine unausgegorene, bittere, depressive Vermutung. Wie dem auch sei, da ist er, nicht besonders bedrohlich oder so, aber definitiv auch nicht wohlgesinnt. Er ist irgendwie hellblau, und er sitzt im Lehnsessel und hat die Beine auf dem Fußhocker ausgestreckt, ein Traum, ein Alb, ein Geist, alles zugleich.

Das erschreckt mich zu Tode. Ich wache sofort auf und konzentriere mich auf das Zimmer, suche nach Wirklichkeit, etwas Beständigem, einer Mitte. Ich starre den Lehnsessel an. Und plötzlich wird mir klar, dass mein Vater in diesem Sessel eine Überdosis genommen hat. Das war schließlich sein Lieblingsplatz. Er ist oft darin eingenickt. Er starb in unserem Wohnzimmer, während ich in der Schule war. Er hörte gerade Jazz; so viel hatte meine Mutter erwähnt. Sie hat nie ausdrücklich erklärt, wo genau er gestorben ist. Aber natürlich war es in diesem Sessel. Und jetzt, in meiner eigenen Wohnung, habe ich in diesem Sessel ein Schläfchen gemacht. Darauf herumgelungert und in der Sonntagszeitung geblättert. Einige Male hatte ich Sex darauf, keinen Verkehr, aber Oralsex, sowohl gegeben als auch empfangen. Sex auf dem Todessessel meines Vaters. Cooles Geschenk, Mom.

Ich rufe meine Mutter an, damit sie die Wahrheit bestätigt. Sie nimmt nicht ab. Ich hinterlasse ihr eine Nachricht. Wochenlang ruft sie nicht zurück, und als sie es tut, sitze ich in der Bahn zur Arbeit, was bedeutet, dass ich wirklich nicht rangehen kann, was bedeutet, dass sie eine Nachricht hinterlassen darf. Sie sagt nicht mehr als: »Honey, wenn du den Sessel nicht willst, dann schmeiß ihn einfach raus.«

Ich rufe meinen Bruder an. »Mom hat mir den Sessel geschenkt, in dem Dad gestorben ist«, erzähle ich ihm. »Und du hast ihn angenommen? Mir wollte sie ihn auch schenken«, sagt er. »Na ja, ich wusste nicht, was damit

ist«, sage ich. »Hatte ich wahrscheinlich verdrängt.«
Etwas, wofür ich bekannt bin, und mein Bruder hält
nicht dagegen. »Mir hat er Albträume gemacht«, sagt er.
»Schmeiß ihn weg.« »Du meinst, auf den Müll?«, sage
ich. »Andrea, wirf ihn einfach weg«, sagt er.

Doch ich verstehe, warum meine Mutter so lange daran festgehalten hat, und auch, warum sie das Gefühl
hatte, ihn weitergeben zu müssen statt ihn auf den Müll
zu werfen. Es war *Dads Sessel*. Also beschließe ich, ihn
auf Craigslist zu verkaufen, damit ich wenigstens weiß,
wo er landet. Ich schaue online nach, was beide Teile
kosten. Das Set ist tausend Dollar wert. An einem Sams-
tagmorgen biete ich ihn für zweihundertfünfzig an.
Schnäppchenpreis. In gute Hände abzugeben. PS: Mein
Vater ist darin gestorben.

Mehrere Leute reagieren auf das Inserat, und ich gebe
allen meine Adresse, weil mich gerade der Wahnsinn
packt. Ich kaufe eine Flasche Wein, und ich mache allen
auf, die klingeln. Es kommt ein junges Paar, Anfang
zwanzig, frisch aus dem Zug von einem privaten College in Maine, und sie richten ihr erstes gemeinsames
Apartment ein, und sie sind so jung und voller Hoffnung und ich hasse sie und schicke sie ihrer Wege. Es
kommt eine Frau namens Adele, die in der Werbung
arbeitet, und sie ist völlig versnobt und schaut mich von
oben bis unten an und sie lässt sich tatsächlich auf alle
viere nieder und begutachtet den Sessel von unten und
reklamiert ein paar Kratzer und bietet mir dann hundert Dollar weniger, und fast schreie ich sie an, als ich

sie zur Tür bringe. Als Nächstes ein betuliches Rentner-ehepaar, und das ist ihr Hobby, sich einfach die Möbel anderer Leute ansehen, Zeit verplempern auf ihrem ganz persönlichen Spaziergang durch die Wohnungen von New York City. Im Anschluss noch ein Dutzend Leute. Sie fragen, ob sie meine Toilette benutzen können; sie trocknen ihre Hände an meinem Handtuch ab. Sie werfen ihre Pappbecher in meinen Müll. Sie probieren den Sessel aus, legen ihre Beine auf den Fußhocker. Ein Partyschnösel ohne eigenen Geschmack, der den Eindruck hat, dass er solche Möbel wollen sollte; er sagt: »Der sieht so retro aus.« Nein, vergiss es, raus hier. Unterbieter, Unfähige, unangenehme menschliche Wesen. Von euch darf keiner den Sessel meines Vaters haben.

Dann ist da noch Aaron, ein aufstrebender Folk-sänger, seit sechs Monaten in der Stadt, der nach Mari-huana riecht. Lockenhaar und offenes Hemd. Mein Vater hätte ihn aus unterschiedlichen Gründen toll gefunden. Aaron hätte hingerissen den drei Dylan-Geschichten gelauscht, die mein Vater auf Lager hatte. Diese Geschichten hat mein Vater liebend gern erzählt. Aaron erzählt mir, er hat unten einen Lieferwagen ste-hen, er kann den Sessel gleich mitnehmen, kein Pro-blem. Der Lieferwagen ist zum Touren, sagt er. Er spielt in Cafés in ganz Amerika. Folkmusik, er ist wegen der Folkszene hergezogen, sagt er. Gibt es eine Folkszene, denke ich, sage es aber nicht laut, ach, Moment, doch. »Ja, gibt es«, sagt er und er lacht. »Du gefällst mir«, sagt er. »Du kriegst einen echt an den Eiern.« So will er anscheinend die Kontrolle über das Gespräch wiedererlangen, meine Kritik anerkennen, mich aber gleichzeitig entweiblichen. Er ist bescheuert und auch bloß wieder irgendein Mann. Sein aufgeknöpftes Hemd interessiert mich nicht mehr. Er bietet mir zweihundert Dollar für den Sessel. »Bye-bye«, sage ich.

»Dann komm mit mir auf einen Kaffee«, sagt er. Er wirft einen Blick auf die Weinflasche, halb leer. »Oder einen Drink. Oder was immer du willst.« Er sagt, ich sehe aus, als bräuchte ich frische Luft. Das stimmt. Ich gehe mit ihm raus. Er zeigt auf den Lieferwagen. Er sagt, ich soll einsteigen. Ich tu's. Im Wagen knutschen wir eine Weile. »Lass uns high werden«, sagt er. »Ich will nicht«, sage ich. »Ich bin schon betrunken. Ich brauch das nicht.« »Ich schon«, sagt er. Er raucht Marihuana aus einem One-Hitter. »Okay, schon gut«, sage ich. Ich nehme einen Zug.

Wir gehen wieder rauf in mein Apartment und machen noch ein bisschen rum, und dann sind wir ziemlich nahe am Sex, ich meine, wir sind so gut wie nackt, ich habe meinen Slip an, er hat seine Boxershorts an, aber sein Schwanz ragt heraus und presst sich an mich, und dann drückt er mich in den Sessel und in dem Moment raste ich aus. »Ich finde, du solltest gehen«, teile ich Aaron mit. »Das war zu krass.« »Bist du sicher?«, sagt er. »Wir könnten es sofort tun, super hart und schnell, und dann ist es vorbei.« Er äußert eine Reihe dreckiger Worte, die kaum einen Satz bilden, aber ich kapiere, was gemeint ist. »Nein, geh« sage ich. Ich fühle mich nicht bedroht von ihm, aber ich wehre ihn trotzdem ein bisschen ab, und ich schubse ihn zur Tür hinaus. Die Aktion fühlt sich richtig an. Dann verschwindet er, wahrscheinlich in die brandheiße Folkszene von New York City.

*Was war das jetzt?* Meine Wohnung wurde gerade von fremden Leuten verwüstet. Mein Körper auch. Ich habe mit einem Mann in einem Lieferwagen geknutscht. Ich habe zugelassen, dass mir das alles passiert. Ich habe es mir in die eigene Wohnung geholt. Ich hätte den Sessel einfach wegwerfen können, und nichts Schlimmes wäre passiert. Ich fühle mich schwer krank, körperlich. Dieser Scheißsessel. Er soll verschwinden. Plötzlich fällt mir die Visitenkarte ein, von dem Mann, der alles kann. Ich wühle in meiner Schublade, ich wähle die Nummer. Alonzo geht ran. Ich erinnere ihn daran, wer ich bin, dass ich die Tochter meiner Mutter bin. »Evelyns Tochter, klar. Ev-e-lyn«, singt er.

Ich erzähle ihm von dem Sessel. »Meinst du, deine Freundin will ihn noch haben?«, sage ich. »Lass mal überlegen, wer war das gleich … Charlotte?« »Ich weiß nicht, ob ich ihren Namen überhaupt kannte«, sage ich. »Ja, das war Charlotte. Ich hab sie eine Weile nicht gesehen«, sagt er. »Ich könnte sie ausfindig machen, aber ich glaube nicht, dass sie was von mir hören will. Sie kommen und sie gehen, weißt du.« »Ja«, sage ich. So was verstehe ich vollkommen. (Aber bin ich eine Charlotte? Oder ein Alonzo? Wahrscheinlich bloß eine

Andrea.) »Trotzdem, ich kann ihn dir abnehmen«, sagt er. »Ich kann ihn wahrscheinlich verkaufen, wenn er in gutem Zustand ist und so.« »Er hat nur hier herumgestanden«, sage ich. »Immer noch unversehrt.« »Ich geb dir fünfzig Dollar dafür«, sagt er. »Schön«, sage ich. »Nur hol ihn ab.« Er erklärt mir, dass er in der Bronx ist, aber nach acht kann er in Brooklyn sein. Ich setze mich hin und trinke den Wein aus, bis er an meine Tür klopft.

»Klar, das ist der Sessel«, sagt er, als er in das Apartment spaziert. Er streicht über die Rückseite. »So gut wie neu«, sagt er. »Ein bisschen abgenutzt«, räume ich ein. Er zückt eine Brieftasche. Ein fetter Haufen Bargeld. »Echt, ich würde dir fünfzig Dollar dafür zahlen, dass du ihn mitnimmst«, sage ich. »Ich will ihn nie wieder sehen.« Ich denke: Was ist denn jetzt los? Ach, weine ich? Ich weine. Ich wische mir die Augen mit dem Handrücken ab. »Weißt du was, Honey, wie wär's, wir machen stattdessen einen Deal«, sagt er.

Ich soll mich in den Sessel setzen, und das tue ich, behutsam, und dann reibt er sich die Hände und schließt die Augen, und dann sagt er, ich soll die Augen schließen, und ich tue auch das. Dann legt er seine Hände, die warm sind, geradezu heiß, für eine Weile auf mein Bein, dann auf meinen Arm, und dann auf mein Herz, und währenddessen reden wir, er fragt mich nach meiner Mutter und meinem Vater und meinem Bruder, vor allem nach meiner Mutter, weil er sie gern hat, und dann reden wir über mich, wie alt ich bin, wovon ich lebe, was mich traurig macht, was mich froh macht, und bei den letzten beiden Fragen fällt mir die Antwort schwer, die meiste Zeit kann ich mich gar nicht an die Wahrheit erinnern, aber während wir darüber reden, spüre ich auf einmal, wie sich in meiner Brust eine Kugel aus Hitze bildet, über den Brüsten, direkt unter dem Schlüsselbein, und ich höre Alonzo murmeln: »Da ist es.« Und als ich gerade denke, dass sie heißer nicht werden kann, zieht sich die Kugel in meiner Brust allmählich zusammen, aber ganz langsam; es ist immer noch deutlich, dass sich da etwas zusammenzieht, und Alonzo nimmt die Hand weg von meiner Brust.

»Ich bin müde«, sage ich. »Ja, garantiert«, sagt er. »Bei dir ist viel los da drin. Ich schlage vor, du lässt ein bisschen öfter danach schauen. Ich würde es ja machen, aber ich bin nicht ganz billig«, sagt er. »Und ich kann nicht ständig aus der Bronx herkommen. Du solltest dir jemanden hier in der Nähe suchen.« Wir umarmen uns, und dann nimmt er Sessel und Hocker und geht.

Ich beobachte ihn durchs Fenster, als er unten auf der Straße ist. Er hebt beide Teile lässig hoch, als wären sie federleicht. Er hat Charlotte gar nicht gebraucht, wird mir klar.

Am nächsten Tag rufe ich eine Therapeutin an. Ich sehe sie eine Woche später. Seither bin ich in Therapie. Acht Jahre, ich kann dir nicht sagen, ob bei mir überhaupt etwas geheilt ist. Ob der Schmerz, den Alonzo an jenem Tag unter meiner Haut gespürt hat, auch nur ein bisschen nachgelassen hat. Ich denke gern, dass die

Schwellung zurückgegangen und die Hitze abgekühlt ist. Ich denke gern, dass es mir jetzt besser geht. Doch an den meisten Tagen kann ich die Wahrheit durch den Schmerz hindurch gar nicht sehen.

# CHLOE

Wir lernen uns auf der Grillparty einer gemeinsamen Freundin kennen, Baron und ich. Die gemeinsame Freundin heißt Deb, und sie hat mir schon vorab gesagt, dass ich nach ihm Ausschau halten soll. »Frischer Single«, hieß es in ihrer Nachricht. »Also, richtig frisch.« »Frisch geschlüpft«, schrieb ich zurück. »Erfolgreich, kreativ, smart«, schrieb sie. »Ein guter Fang«, schrieb ich. »In einem Jahr ist er ein guter Fang«, schrieb sie. »Im Moment eher was für's Vergnügen.« »Bin ich nicht gut genug für einen Fang?«, schrieb ich. Sie schrieb *sechs Stunden lang* nicht zurück. »Sorry«, schrieb sie. »Arbeit.« Dann folgte eine weitere Pause. »Hab ich das falsch verstanden, dass du Vergnügen willst?«, schrieb sie. Ich hätte so gern dagegengehalten, aber ich konnte nicht.

Baron und ich führen ein ungemein langes Gespräch über Kartoffelsalat, Deb hat nämlich zwei Sorten Kartoffelsalat gemacht, den sahnigen und den mit Essig. Es ist ein blödes, albernes Gespräch, geradezu unwürdig irgendwie, aber er schaut mich mit offenkundigem Interesse und Verlangen an. Mir wird etwas heiß im Höschen. Baron hat den Kopf rasiert, wie man es bei frühem androgenetischem Haarausfall macht. Er putzt häufig seine Brille, und als ich das anspreche, zuckt er mit den Schultern und sagt: »Fingerabdrücke ertrage ich nicht.« Ich nehme ihm die Brille ab, hauche sie an und putze sie mit einem Zipfel meines Seidenhemds. »Wie neu«, sage ich und reiche sie zurück. »Dich kann man gebrauchen«, sagt er. Im Laufe unseres Gesprächs stellen wir fest, dass wir zehn Blocks voneinander entfernt wohnen. »Praktisch«, sage ich und grinse.

Deb wohnt in einem Apartment mit Garten, Kinder rennen zwischen Garten und Apartment hin und her, und als eins davon kreischt, schüttele ich mich. »Bäh, Kinder«, sage ich. »Ich habe ein Kind«, sagt Baron. »Dass ich Kinder nicht mag, heißt ja nicht zwingend, dass ich dich nicht mögen kann«, sage ich, und ich berühre ihn am Arm und habe das Gefühl, gleichzeitig gescheitert und erfolgreich zu sein, denn ich habe die Sache zwar schon vergeigt, aber genau so war es sicherlich vorbestimmt.

Zwei normale Menschen würden jetzt sofort die Flucht ergreifen, aber er fährt mich stattdessen nach Hause und parkt vor einem Hydranten in meiner Straße und dann knutschen wir auf dem Vordersitz seines Autos herum, während ich den Kindersitz hinter mir ausblende. Er ist total aggressiv, Zunge in Mund, Ohr, Kehle, meine Brüste unter der Bluse fest im Griff. Ich bin gleichzeitig tief beschämt und erregt. Ich lege die Hand auf seinen Schwanz in der Hose, und er hält inne und sagt: »Du bist seit zwölf Jahren die Erste, mit der ich außer meiner Exfrau zusammen bin.« Ich sage: »Boah, das ist viel für ein erstes Date«, und er sagt:

»Das war kein Date«, und ich fühle mich plötzlich ganz wund und kaputt. »Okay«, sage ich. »Das reicht.« Ich greife nach der Tür, gebe ihm aber ein paar Sekunden, um sich zu entschuldigen, was dann auch geschieht. Er sagt: »Tut mir leid, ich weiß nicht, was ich tue, ich weiß nicht, ob ich komme oder gehe. Ich habe lauter Gefühle auf einmal.« Er nimmt meine Hand und küsst sie. »Du bist schön«, sagt er. »Du bist schön und sexy und du solltest dich von mir ausführen lassen und wir versuchen es noch mal.«

»Toxisch«, sagt meine Kollegin Nina am Montagmorgen. »Sofort abservieren.«

Am Mittwoch sendet er mir eine Nachricht und fragt, ob ich am Freitagabend mit ihm essen gehen will. Ich sage, ich hätte schon was vor, weil ich vorspiegeln will, dass ich schwer zu haben bin, was für mich im ganzen Leben noch nie funktioniert hat. Er sagt, am Samstag können wir uns nicht sehen, weil seine Tochter bei ihm übernachtet. Ich knicke sofort ein. »Dann verschiebe ich was«, sage ich. Wir suchen ein Restaurant in der Nachbarschaft aus, was nur ein Vorwand ist, weil, wir wissen beide, was passieren wird. Wir schreiben uns seit Tagen, was wir alles miteinander machen werden. Es ist schrecklich, und es ist alles, was ich will.

Am Freitag mache ich früh Feierabend und pflege mich in unterschiedlichen Formen, dann gehe ich zu Dean & DeLuca und kaufe Blaubeeren, und dann gönne ich mir den Luxus eines Besuchs im MoMA. Ich zahle fünfundzwanzig Dollar und gehe rauf in den obersten

Stock und schlendere durch das Museum. Irgendwann kommt es dazu, dass ich in der Ständigen Sammlung verweile. So viele Werke haben diese Menschen über Jahrzehnte hinweg geschaffen, und hier hängen nun ihre größten Würfe, ein, zwei Arbeiten aus dem Depot. Besser die eine Arbeit als gar keine, nehme ich an. Das Malen fehlt mir. Sogar die Dämpfe fehlen mir. Ich habe die letzten dreizehn Jahre mit der Suche nach einem Geruch verbracht, der sie ersetzt.

Stunden später rieche ich nur noch ihn, seine Dämpfe. Ein Cocktail an der Bar, bevor wir an den reservierten Tisch gehen. Ich bin achtunddreißig und er ist zweiundvierzig. »Ich fange gerade neu an«, erzählt er mir. »Manchmal fühle ich mich, als hätte ich genug«, erzähle ich ihm. Das Essen geht schnell, doch ich versuche es trotzdem zu genießen, denn ich liebe Essen – noch in den schrägsten, finstersten, anstrengendsten Momenten meines Lebens sorge ich immer dafür, dass es was Gutes zu essen gibt. Ich bestelle ein Steak. »Ich möchte es blutig«, sage ich der Kellnerin. »Blutig rot.« »Raubtier«, sagt er. »Genau«, sage ich. Wir trinken jeder zwei Gläser Wein, und ich sage: »Weißt du, was wir am besten gemacht hätten?«, und er sagt: »Eine Flasche bestellt?« »Das sehe ich nie richtig voraus«, sage ich, und er sagt: »Ich auch nicht«, und wir lächeln einander an. Wir sollten uns einfach vertragen, denke ich. Wir müssen nichts anderes tun als uns vertragen.

Wir gehen zu meinem Apartment, nicht zu seinem, wo, wie er behauptet, Chaos herrscht. Er trägt eine

Mütze und ein Chambray-Hemd und Shorts und Slipper und er hat einen leichten Schritt. Ich trage ein schwarzes Kleid, locker und sommerlich, und ich komme mir hübsch und intellektuell anspruchsvoll vor nach meinem Tag mit der Kunst. Und ich komme mir betrunken vor. Zu Hause gibt es Bourbon, und das erzähle ich ihm, während wir gehen, und er sagt mir, dass ich eine Traumfrau bin. Also, wortwörtlich sagt er: »Du kommst mir vor wie ein Geschenk des Himmels«, und ich lache schallend, aber ich finde es *herrlich*.

Als wir in meine Wohnung kommen, schaut er sich um und nickt – die Kunst, die Bücherstapel, Töpfe und Pfannen, wie sie dramatisch von einem Gestell an der Decke baumeln –, während ich uns zittrig und aufgeregt zwei Bourbon einschenke, pur. Wir stoßen an und trinken dann schnell. »Ach, wie aufregend«, sagt er. »Ich bin so aufgeregt.« Kühn ziehe ich mein Kleid aus. Und stehe einfach nur nackt vor ihm. »Herrlich, all diese Kurven«, sagt er. »Hüften. Ja.« Er nickt mich ab, bestätigt mich. Ich merke, dass ich nach seiner Bestätigung lechze. Dieser Mann, der verheiratet war, dieser Vater eines Kindes, der einer anderen, gehört jetzt mir.

Er nimmt die Mütze ab und zieht dann das Hemd aus und dann die Hose. Er ist kalkweiß und nahezu unbehaart und mir fällt auf, dass er sein Schamhaar getrimmt hat. »Hast du –?« Ich deute auf seinen Schritt. »Ich dachte, das trägt man so«, sagt er. »Hab ich in GQ gelesen.« »Ich hab das wirklich noch nie gesehen«, sage ich. »Ich glaube, es war ein bisschen voreilig«, sagt er.

»Ich hab mir auch die Brust gewaxt. Hat wehgetan.«
»Ich bin auch gewaxt«, sage ich. »Aber nur da.« Ich
deute auf meinen Schritt. »Sieht gut aus bei dir«, sagt er.
»Normal.«

Nach den Geständnissen küssen wir uns, und dann
legt er los und es geht schnell, es passiert, es läuft. Er
beugt mich auf meiner Couch vornüber und fängt an,
von hinten zu rammeln. In der Nähe hängt ein Spiegel,
und ich kann sehen, dass er sich selbst zuschaut, nach
seinem Gesichtsausdruck schaut. Dieser Moment hat
sehr wenig mit mir zu tun. Nach einer Weile probieren
wir eine andere Stellung, und dann noch eine Stellung,
und noch eine Stellung, und dann noch eine. »Können
wir wie vorhin?«, sage ich. »Was? Hä?«, keucht er,
schiebt seine Brille hoch, schaut mich an. »Ich mochte
das, was wir vorher gemacht haben. So vor zehn Minuten.« »Warte«, sagt er, und er hält inne, um seine Brille
mit meinem gerade greifbaren Slip zu putzen.

Dann bringen wir unsere Körper wieder in die alte
Stellung und wir bewegen uns ganz langsam und es ist
fantastisch, doch dann zieht er allmählich das Tempo an
und er stößt schneller und fester und es fühlt sich an, als
wollte er mich mit seinem Schwanz ermorden, und ich
sage: »Ein bisschen langsamer, Baby«, und er sagt: »Ich
kann nicht, ich komme bald, nicht aufhören jetzt«, also
lasse ich ihn, denn er vögelt gerade zum ersten Mal seit
zwölf Jahren eine andere als seine Frau, nämlich mich,
und ich will, dass er es als toll in Erinnerung behält. Er
darf noch kurz weiterrammeln und dann hat er seinen

Orgasmus, laut, sicherlich so laut, dass man ihn unten auf der Straße hört, und er ist so *stolz* auf sich, und ich fange so gut wie sofort an, ihn zu hassen, begehre ihn jetzt aber auch noch viel mehr.

Ich sorge dafür, dass ich komme, mit etwas Hilfe von ihm, ein Orgasmus in Moll, und dann setzen wir uns an meinen Küchentisch, nackt, und essen Blaubeeren, die gereift sind, seit ich sie gekauft und ans Fenster in die Sonne gestellt habe. Ich plaudere fröhlich und schiebe mir dabei Blaubeeren in den Mund. Nach Sex bin ich immer völlig bescheuert. Irgendwann merke ich, dass er aufgehört hat, Blaubeeren zu essen, und mir beim Essen zusieht, und ich esse immer noch, und irgendwann ist die Schale leer. Ich lehne mich zurück. »Was?«, sage ich. »Ich muss gehen, tut mir leid«, sagt er. Er zieht sich vollständig an. Ich bin immer noch nackt. Ich sitze einfach da und sehe ihm bei seinem Abgang zu. »Ist das jetzt schräg?«, fragt er. »Ich weiß nicht«, sage ich. »Sag *du*.« Und dann ist er weg, ohne Beweise zu hinterlassen, abgesehen von seinen hellblauen Fingerabdrücken auf meinem Oberarm, wo er mich zu fest gepackt hat.

Am nächsten Tag entschuldigt er sich mit einer Nachricht dafür, dass er mich gevögelt und sich dann verdrückt hat, und ich verzeihe ihm. Wir plänkeln ein bisschen über den Sex, den wir hatten. Auf der einen Seite der Unterhaltung kommt es zu dem Bekenntnis, dass er hart ist, und ich, auf der anderen Seite, bin feucht. Dann muss er aufhören – sein Kind kommt.

»Wie ist es gelaufen«, fragt Nina am Montagmorgen, als Erstes.

»Er ist ausgeflippt und nach dem Sex abgehauen«, sage ich.

»Ah ja«, sagt Nina.

»Wie ist es gelaufen«, schreibt Deb.

»Er ist echt nett!«, schreibe ich zurück.

»Magst du ihn?«, schreibt sie.

Ich antworte nicht.

Baron und ich schießen ein paar Tage Nachrichten hin und her, dass wir uns wiedersehen wollen. Es werden keine konkreten Pläne gemacht. Bloß: Lass uns bald mal was machen.

In der Woche darauf sehe ich ihn auf der Straße. Er ist zu Fuß mit seiner Tochter unterwegs, hält mit der einen Hand ihre Hand und in der anderen eine Plastiktüte mit Lebensmitteln, aus der das Grün von Möhren ragt. Sie trägt einen blau geblümten Rucksack. Ihre Mutter muss hispanischer Herkunft sein. Ein schönes kleines Mädchen. Baron sieht mich aus einem Block Entfernung kommen, winkt und geht dann auf die andere Straßenseite.

»Wie kannst du es wagen«, schreibe ich ihm später.

»Du hast mir gesagt, du kannst Kinder nicht ausstehen«, schreibt er zurück.

Wir haben immer noch ab und zu Sex, ist das zu glauben? Es hat sich so entwickelt, dass ich ihn mit der Zeit immer mehr hasse, und er mich. Manchmal behandeln wir einander grausam im Bett. Fies und brutal. Ich will ihn trotzdem, oder gerade deshalb. Gab es einen Moment, in dem wir das Beste aneinander hätten herausholen können? War das jemals eine Option? Hätten wir einen anderen Weg einschlagen können? Wenn ich an all die kleinen Kreuzungen unserer gemeinsamen Zeit denke, frage ich mich, wann wir rechts oder links hätten gehen können, statt geradeaus in den Schlammhaufen, in dem wir zusammen stecken.

Einmal treffe ich ihn zufällig, als er mit einer anderen Frau unterwegs ist. Es ist Sonntag, und ich frühstücke allein in einem Café, nachdem ich im Park die Zeitung gelesen habe. Der letzte Schluck Kaffee in der Tasse, süß und milchig. Es ist ein sonniger Tag. In einer Stunde rufe ich meine Mutter an, in einer weiteren Stunde rufe ich meinen Bruder und seine Frau an und frage nach ihrem kranken Kind. Nie bin ich mehr ich selbst als an einem Sonntag.

Dann kommt er mit ihr herein, und sie tragen alte T-Shirts und Jeans und ihre Frisur ist ein Chaos und sie sind entspannt und fühlen sich wohl miteinander. Im Café ist sonst nichts mehr frei. Ich sehe, dass er mich sieht, und ich sehe, er schlägt vor, dass sie woanders hingehen, und ich sehe, wie sie sagt: »Aber da ist doch ein Tisch.« Sie pflanzt sich neben mich, eine frisch gevögelte Unschuld. Ich wollte nur ein Omelette, keinen Mordanschlag. Ich gebe ein Zeichen, dass ich zahlen will. Ich winke nach diesem Kellner, als stünde ich irgendwo in der Botanik mit einem Platten am Straßenrand. Hilfe, winke ich. Helfen Sie mir.

»Hi«, sagt Baron.

»Nope«, sage ich. Die Frau beobachtet uns beide. Ich pfeife auf die Rechnung. Ich werfe einen Zwanziger hin und gehe. Soll er ihr erklären, was das jetzt war.

Einmal sagt er: »Wir können uns nicht mehr sehen. Ich ruiniere mein Leben, was für eine Scheiße ich baue.«

Einmal will er mit mir über seine Tochter reden. Sie heißt Chloe. Ich sage ihm, dass er still sein soll. »Wir beide werden nicht über sie reden«, sage ich. Und er erwähnt sie nie wieder.

## SIGRID

Als ich fünfundzwanzig Jahre alt war, flog ich von Chicago nach New York City, um meinen Bruder David zu besuchen. Er war neunundzwanzig und er spielte jetzt in einer anderen Band, für die es ganz gut lief, besser als okay, nicht super, noch nicht. Er konnte seinen miesen Brotjob nicht kündigen oder so. Aber für mich war er der coolste Mensch der Welt. Er hatte davor schon in drei super Bands gespielt, ein musikalischer Influencer, wenn auch wohl nicht für die Ewigkeit. Und obwohl wir weit entfernt voneinander wohnten, wollte ich unbedingt Teil seines Lebens sein.

Alle in der Band waren jung und sahen gut aus, also kamen sie öfter in Zeitschriften vor, nicht nur in den Kritiken, sondern auch in ein paar Modestrecken, als Models für die Frühjahrslooks, und dann, ein paar Monate später, als Models für die Herbstlooks. Bei einem dieser Shootings lernte mein Bruder eine Zeitschriftenredakteurin namens Greta kennen, die ein paar Jahre älter war als er. Sie hatte schimmerndes blondes Haar und Klamotten, die sie von den Designern gratis bekam, weil sie darin so biegsam und schmal und anmutig aussah, aber sie trug auch eine auffällige, blau gerahmte Brille, weil man auf jeden Fall mitkriegen sollte, wie klug sie war.

Sie trafen sich öfter und sie verliebten sich und bald darauf zogen sie zusammen. (Meine Mutter damals: »Wozu die Eile?«) Das war die Zeit, als ich zu Besuch kam, zwei Monate, nachdem sie an die Lower East Side gezogen waren. Ihre Straße war das Letzte: Es gab eine schmierige Bodega mit zerbröselndem Linoleumboden, vor der eine Gruppe wütender Männer mit heiseren Stimmen herumhing – mein Bruder ging davon aus, dass dort mit Drogen gehandelt wurde, obwohl er nie welche kaufte, denn lieber arbeitete er exklusiv mit dem Lieferservice, den er schon seit der Highschool nutzte. Aber die Wohnung war innen neu, alles aus Hartholz, und die Wände zierten Werke von ihren Freunden, aufstrebenden Künstlern, und ein paar ältere Arbeiten, die Greta geerbt hatte. Alles war gerahmt und sah sehr professionell aus, abgesehen von dem Namensgraffito an der Außenwand vor ihrem Badezimmer, von dem Greta mir versicherte, das habe ein sehr berühmter Graffiti-Künstler während ihrer Einweihungsparty gemacht, eine Aktion, die sie als Glücksbringer für ihr neues Heim verstand.

An jenem Wochenende gaben sie wieder eine Party, eine kleinere, mir zu Ehren. Ich betrank mich und kokste auch und schlief mit einem der Bandkollegen meines Bruders. Wir schlichen uns zusammen raus, aber nicht besonders elegant, und vorher hatten uns sowieso alle auf der Feuertreppe knutschen gesehen. Heute ist mir klar, dass es nur ein erbärmlicher Versuch war, etwas von ihrem Glamour abzugreifen, dieses unüberlegte Gevögel. Aber er sah auch richtig gut aus, ein echter Halbitaliener, mit dunklem, locker gewelltem Haar und üppiger Brustbehaarung. Rein äußerlich betrachtet – wer wollte mir einen Vorwurf machen?

Und trotzdem entstand daraus ein kleiner Riss zwischen meinem Bruder und diesem Bandkollegen und schließlich auch den anderen aus der Band. Eine Zeit lang redete mein Bruder nicht mit mir, bis sich Greta in die Bresche warf und ein Friedensabkommen aushandelte, infolge eines langen Telefonats, in dessen Verlauf er mich rundheraus fragte, ob ich glaubte, Alkoholikerin zu sein, und ich sagte: »Nein, ich bin einfach *jung* und habe *Spaß*.« Gefolgt von Tränen, erstickt geschluchzten Tränen, was er, dafür sorgte ich, auf jeden Fall mitbekam. Und er sagte: »Kannst du dir das einfach verkneifen, solange du dich in meiner Welt aufhältst?« Ich erklärte mich bereit, es mir zu verkneifen. Die Band ging trotzdem auseinander, und mein Bruder gründete schließlich eine neue Band, die mit Gretas Hilfe und durch ihre Verbindungen irgendwann noch erfolgreicher war als die davor. Bei den meisten Songs, die er schrieb, ging es um Greta, und mein Bruder bezeichnete diese Band als sein »neues Baby«, dem er einen Namen gab, das er knuddelte, und wir waren alle bezaubert, weil er so lieb zu seiner Musik und auch zu Greta war. (Meine Mutter hatte inzwischen beschlossen, Greta zu mögen, vielleicht mehr, als sie mich mochte, auch wenn sie mich mehr *liebte*.) Und so wurde der Schwester ihr dekadentes Verhalten vergeben, alles war vergeben, zumal dabei letzten Endes etwas Gutes herausgekommen war.

Nach einer Reihe schrecklicher Beziehungsdramen in Chicago, darunter eines unter Beteiligung einer Hochschullehrkraft, schmiss ich das Studium, hing eine Weile verschämt in der Stadt herum und trieb am Grund des Alkoholikersumpfs im Wicker Park, bis Greta mich schließlich einlud, für den Sommer bei ihnen einzuziehen. David würde auf Tournee sein und sie wollte Gesellschaft. Und meine Familie machte sich Sorgen um mich, was nicht ausdrücklich erklärt wurde, aber natürlich keine Frage war, besonders, als ich aufgeschwemmt und verkatert in das Apartment kam, wo mich meine Mutter mit Greta erwartete und die beiden lächerliche Appetithäppchen aßen, Sandwichs mit Gurke und Käse, als würden sie so etwas jemals essen. *Willkommen in der Zivilisation*, schienen sie mit diesen Sandwichs zu sagen. Ich aß sechs davon und schob es auf die lange Reise, aber eigentlich war der Grund, dass ich seit Wochen nichts halbwegs Normales gegessen hatte.

Was in diesem Sommer folgte, war eine Reihe von Ereignissen, die eine Auszeichnung für humanitären Einsatz verdienten: Greta pflegte mich wieder gesund und bekam es dabei zu tun mit 1. meiner leichten Drogensucht, 2. einem echten Nervenzusammenbruch und 3. der Entdeckung einer (behandelbaren) Geschlechtskrankheit, während sie gleichzeitig freiberufliche Arbeit für mich besorgte – für eine, die bis dato nur Restaurantjobs in ihrem Lebenslauf stehen hatte. Die Auszeichnung als Freundin des Jahres geht an Greta Johannson, weil sie diese Koksnase von einer abgebrochenen Kunststudentin ins Leben zurückgeführt hat, während ihr ernsthafter Langzeitfreund (aber noch nicht Verlobter!) in einem Lieferwagen durch Europa reiste und die Nächte damit verbrachte, mit all seinen neuen besten Freunden, die er auf Rockkonzerten kennengelernt hatte, Hasch zu rauchen. Die heilige Greta der Lower East Side.

Schließlich zog ich nach Brooklyn, nachdem ich den Job bekommen hatte, in dem ich heute noch arbeite. David und seine Band blieben ein weiteres Jahr auf Tournee. Es deckte gerade so ihre Kosten. Wenn er in New York war, versuchte er, etwas zur Miete beizutragen, aber wir wussten alle, dass Greta ihn unterstützte. Ich glaube nicht, dass es ihm viel ausmachte, kein Geld zu haben; wir hatten als Familie immer zu kämpfen gehabt und den letzten Penny aus unseren Lebensmittelmarken gequetscht. Und er kam auf der ganzen Welt herum. Was er für Geschichten erzählte! Greta flog nach Japan, um ihn dort zu treffen, wo sie noch nie gewesen war und immer unbedingt hingewollt hatte. Er reiste weiter nach Australien und Neuseeland, und als er nach Hause kam, machte er Greta einen Heiratsantrag. Sie sagte natürlich Ja.

Ihre Hochzeit fand auf einer Farm im Norden des Staates statt. Von den Eltern war nur meine Mutter da – unser Vater, der grauhaarige Intellektuelle-Jazzmusiker-Junkie war schon vor Jahren verstorben, wie Gretas

Eltern auch, Herzinfarkt, Krebs, viel zu jung, was man über meinen Vater niemals sagte, denn er hatte es lange Zeit darauf angelegt. Auf dem Empfang sprach Greta einen Toast in Abwesenheit auf sie aus, und alle weinten, sogar jene, die sie gar nicht gekannt hatten. Die Braut trug Blumen im Haar, der Bräutigam keine Krawatte, und ich schlief mit einem weiteren Bandkollegen von David, nur dass es diesmal keiner mitbekam.

Ein paar Monate nach der Hochzeit, bei einem wuseligen Thanksgiving-Dinner, verkündete Greta, dass sie schwanger war. (Meine Mutter kreischte auf.) Und so lautete ihr Plan: David würde seine schlecht bezahlte Teilzeitarbeit nicht wieder antreten. Stattdessen würde er ein Soloalbum machen und es selbst promoten, damit er an den meisten Tagen von zu Hause aus arbeiten konnte. Er hatte Freunde, die besser verdienten, wenn sie ihre Karriere selbst betrieben, statt sie in die Hände von Plattenfirmen zu legen, die sowieso keine Ahnung hatten, was sie mit einem wie ihm anfangen sollten. Und er würde sich im Alleingang um das Baby kümmern. Greta würde weiter bei der Zeitschrift arbeiten, wo sie inzwischen aufgestiegen war, nicht zuletzt aufgrund ihres stoischen nordischen Wesens im Angesicht eines jeden Dramas.

Greta nahm sämtliche Vitamine für werdende Mütter und strahlte während der gesamten Schwangerschaft. Ihr Haar wurde dicht wie eine Löwenmähne. Auf der Babyparty nahm ich ihr Haar in die Hand. »Das ist nicht menschlich«, sagte ich. »Es ist ganz was anderes«, sagte mein Bruder. In einem Monat sollte das Baby kommen. »Bist du auch bereit?«, fragte ich. Ich war gerade beim dritten Sekt-Orange des Nachmittags. »Ja«, sagte sie. Sie rieb sich ihren gewaltigen Bauch. »Komm bald raus, kleines Baby. Wir sind bereit, dich kennenzulernen.«

Einen Monat später brachte Greta ein kleines Mädchen zur Welt. Sie nannten es Sigrid, nach Gretas Mutter. Sigrid war von Anfang an sehr krank. Sie hatte einen angeborenen Herzfehler, klein, selten und nicht feststellbar. Sehr bald erlitt sie eine Reihe von Schlaganfällen, von denen einer ihr Hirn schädigte. Ganz leblos war sie nicht. Im Prinzip war sie am Leben. Ihr Arzt sagte, sie habe etwa drei Jahre zu leben, vielleicht fünf mit etwas Glück. (»Was hat das denn mit Glück zu tun?«, sagte meine Mutter.) Das Baby hatte noch nicht einmal angefangen und schon verloren.

Während der ersten Lebensjahre versuchte ich, dieses Kind zu begreifen. Ich hielt ihre Hand, während sie dalag, reglos, flach auf dem Rücken, auf einem kleinen Polster auf dem Tisch in der Küche meines Bruders, sonntagabends, damit Greta und David kurz zusammen allein ausgehen konnten, ein Glas Wein in einer Bar, ein ordentlicher Drink, damit sie nicht umkippten. Ich sprach mit Sigrid und erzählte ihr von meinem Tag. Doch ich hatte nicht das Gefühl, dass sie mich hörte oder mich erkannte. Sie war sowohl unbegreiflich als auch unfähig zu begreifen. Greta und David glaubten jedoch, sie zu verstehen. Ich fand, dass sie sich etwas vormachten.

Mein Bruder tat, was er konnte. Das Baby brauchte Hilfe in jeder Form: Nahrung durch einen Schlauch, Spritzen, Salben, Umarmungen, Gebete. Sie zögerten, mit ihr im Kinderwagen nach draußen zu gehen, so zart, so winzig, wie sie war; David war oft mit ihr ans Haus gefesselt. »Ich dachte, ich bin dann einer von diesen Dads mit ihrem Kind im Park«, sagte er einmal zu mir, als er, was selten vorkam, die Traurigkeit zuließ. »Cooler Dad im Park«, sagte ich. »Mit der coolen Sonnenbrille.« »Ich wollte der coolste Dad von allen sein«, sagte er.

Gretas Zeitschrift ging ein. Hinzu kam, dass niemand Davids neue Platte kaufte, weil die Leute ganz aufgehört hatten, Platten zu kaufen. Auf Tournee gehen war ausgeschlossen. Wer würde Sigrid versorgen? Greta fand Arbeit als freie Mitarbeiterin, war dort aber nur eine Aushilfe ohne zeitliche Flexibilität. Meine Mutter arbeitete noch: Zwei Jahre lagen noch vor ihr, obwohl sie anbot, frühzeitig in den Ruhestand zu gehen und zu helfen, doch Greta sagte Nein, kommt nicht infrage, denn so ist Greta. Sie konnten sich nicht viel Kinderbetreuung leisten; ihre Ersparnisse waren bald aufgebraucht. Wir, die Berns, waren eine Familie im Zerfall. Wir liebten einander nach wie vor, doch als Einzelne hatten wir alle Probleme. Niemand war glücklich, niemand war gesund. Und ich kann nicht für andere sprechen, aber ich soff wie ein Loch.

Dann, aus heiterem Himmel, starb eine entfernte Verwandte von Greta, die ihr ein bisschen Geld und ein

Haus in New Hampshire hinterließ. Etwa eine Stunde entfernt, in der Nähe von Dartmouth, gab es ein angesehenes Kinderkrankenhaus. Nach kurzer Diskussion beschlossen sie umzuziehen. (Meine Mutter war nicht erfreut. NICHT ERFREUT.) David und Greta waren ausgelaugt von der Stadt, von ihrem Leben dort, und was immer sie davon gehabt hatten, ein junges, kreatives, schönes Paar zu sein, war mittlerweile unerreichbar für sie. Sie gaben ihr Apartment auf, packten ihre Kunstwerke und Bücher und Musikinstrumente und ihr ewig schlafendes Baby ein und zogen in eine Kleinstadt, wo sie nur einander kannten. Wenn man Greta fragte, war es ein Neuanfang, und wenn man David fragte, war es das Fegefeuer, aber egal, beide waren sich einig: New York City war die Hölle.

Ich half ihnen beim Umzug. David befasste sich mit dem Transporter und ich fuhr den Kombi, den sie hastig über Craigslist gekauft hatten. Greta saß auf dem Rücksitz und wachte über das Baby. Wir kamen frühmorgens an. Es war Januar und es lag bergeweise Schnee, große verwehte weiße Haufen, aber irgendwer hatte einen Weg freigeräumt auf der kleinen Schotterstraße zum Haus. Ich tastete mich langsam voran, damit es für das Baby nicht holperte, aber die Straße hatte nun mal kleine Unebenheiten und Furchen. Bei jeder Erschütterung zuckte Greta auf dem Rücksitz zusammen.

Das Haus war ein bröckelndes Backsteinungeheuer und wirkte unproportioniert. Es bestand aus einem Stockwerk mit einer knallroten Tür in der Mitte. Ich stieg aus dem Wagen und David stieg aus dem Transporter. Ich stapfte durch den Schnee um eine Seite des Hauses herum und er um die andere. In der Ferne gab es einen Berg und in der Nähe ein Wäldchen. Die Bäume waren kahl, standen aber so dicht, dass ich jenseits der ersten Reihe kaum etwas sah. Über allem hing ein grauer Himmel, eine kräftige, satte Farbe, gar nicht bedrückend, beinahe lila.

David starrte auf eine kleine, verfallende Hütte neben dem Haus. »Scheiße, wo bin ich?«, sagte er. »Wohne ich jetzt hier? Ich habe eine Hütte. Schau dir meine Hütte an.« Das war kein Fegefeuer mehr: Er hatte eigenen Raum für seine Musik. Ich sah zu, wie er seinen Plattenspieler und die Vinylkisten direkt in die Hütte schleppte.

Später fuhr mich Greta nach Portsmouth zum Bahnhof. Ich hatte mir vorgenommen, an diesem Abend einen früheren Freund zu treffen, Alex, aus meinem Grundstudium in Boston. Wir hatten uns einen Monat lang immer wieder Nachrichten gesendet, seit ich wusste, dass ich nach New Hampshire kommen würde. Er hatte eine Ehe hinter sich, und sie war kurz, brutal und intensiv gewesen, wie ein Punksong, der ihm noch in den Ohren klang. Er hatte mir schon geschrieben, dass er mich auf ein Steak einladen wollte. Das saftige Steak wurde bald zur Metapher für etwas anderes in unserer Kommunikation. Es war widerlich. Mir war es egal. Mein Bruder hatte ein krankes Baby und meine Mutter war depressiv und ich hasste meinen Job, abgesehen von anderen wichtigen Bestandteilen meines

Lebens. Ich würde sein Steak sein, wenn das angesagt war.

Greta dankte mir und hielt mich ganz fest und ich konnte ihren Schweiß des Tages riechen. Sie trug eine neue Brille, bifokal, kein Make-up, ein Sweatshirt, Jeans – die alte Greta gab es nicht mehr. »Weißt du, was von all dem am schwersten ist?«, sagte sie. »Von unserer Familie weggehen.« »Wir werden immer für euch da sein«, sagte ich. »Nur einen Anruf weit weg. Oder eine richtig lange Fahrt. Aber eher nicht an einem Wochenende mit Feiertag, weil, dann ist der Verkehr echt die Pest.« »Bitte mach nicht solche Witze«, sagte sie. »Versprich, dass du zu Besuch kommst.« Sie packte meine Hände. »Versprich, dass du kommst und nach ihr schaust«, sagte sie. Ich versprach es. Dann stieg ich in den Zug nach Boston.

Das war vor zwei Jahren. Ich habe Alex seitdem nicht mehr gesehen, obwohl wir uns manchmal Nachrichten senden, und einmal wollte er ein Nacktfoto, und ich habe mich schlappgelacht, also, besten Dank, denn wer braucht es nicht, mal so richtig zu lachen? Und David und Greta und Sigrid habe ich nur ein paarmal gesehen, seit sie weggezogen sind, aber meistens habe ich mich dabei ertappt, dass mir ihre Traurigkeit widerstrebte, wo ich doch selbst so viel davon habe. Es war alles still zwischen uns, wenn auch nicht stumm. Ich wollte glauben, dass alles in Ordnung war. Ich lud sie zu Besuch ein, das tat meine Mutter auch, aber es gab immer einen Grund, aus dem sie nicht konnten, und dann gaben sie gar keine Gründe mehr an, also hörten wir auf, danach zu fragen. Wenn ich einmal pro Woche mit meinem Bruder spreche, ist seine Stimme ein leises, ruhiges Grollen. Im Haus hinter ihm ist es still, es gibt keinen Straßenlärm, keine Sirenen, keine Autos, keine taffen New Yorker, die ein Stockwerk tiefer streiten. Ich stelle mir vor, wie die Luft in ihrem Haus einfach steht, süße, reglose, ruhige Luft. Greta postet Bilder von ihrem Garten auf Facebook, das Saatgut, das sie einpflanzt, alles in Reihe und beschriftet. Er hat ein Bild von ihr gemacht, wie sie am Boden hockt und unter ihrem Sonnenhut blinzelt. »Neue Babys«, hat sie dazugeschrieben. Von Sigrid gibt es keine geposteten Bilder. Nur von anderen Lebensformen, die in der Erde wachsen.

## INDIGO HAT JETZT EIN BABY

Indigo hat jetzt ein Baby und ich gehe sehr lange nicht hin, um es mir anzuschauen. Nicht, dass ich kein Interesse daran hätte, ihr Baby zu sehen – ich habe kein Interesse daran, irgendwelche Babys zu sehen. Außerdem weiß ich, was passieren wird. Ich kenne das schon. Sobald ich das Baby sehe, habe ich das Baby *gesehen*. Ich muss das Baby sehen, wenn es noch klein ist, damit ich eines Tages, wenn ich das Baby sehe und es schon größer oder zumindest kein Baby mehr ist, sagen kann: »Ich weiß noch, wie du *soooo* groß warst.« Das dient alles nur als Vorbereitung für eine Szene, die sich später auf einer Feiertagsparty abspielen wird, oder in einem Café, oder, realistischerweise, an einer Straßenecke – zwei erwachsene Frauen nicken begeistert über das Format eines gelangweilten Kindes, das an der Hand seiner Mutter zerrt. Früher warst du klein. Jetzt bist du groß.

»Warum hast du dir das Baby noch nicht angeschaut?«, sagt Indigo. Eine Nachricht, die sie auf dem Telefon hinterlässt. Ganz friedlich, aber deutlich. Ein Anliegen. Keine Frage, auf die sie tatsächlich eine Antwort will. »Ich bin den ganzen Tag zu Hause. Ich gehe nie irgendwohin. Nur ich und das Baby. Also komm einfach vorbei. Wir sind da.«

Nachdem ich mir das Baby angeschaut habe, wird es

dazu kommen, dass Indigo für sehr lange Zeit äußerst beschäftigt mit ihrem Leben ist. Sagen wir, fünf Jahre oder so. Dann wird sie wieder Zeit haben, mich zu sehen. Dann wird sie mich ganz dringend sehen müssen. Wo ist bloß die Zeit geblieben? Was habe ich überhaupt gemacht? Ach ja, ein Kind aufgezogen. Aber bis dahin werde ich eine andere Version meiner selbst sein (oder, schlimmer, vielleicht noch dieselbe), und sie wird eine andere Version ihrer selbst sein und wir werden einander mit anderen Augen sehen. Du hast ein Baby gekriegt und ich nicht, also bitte. Weißt du noch, als …? Ja! Ja. Klar.

Ich schreibe ihr eine Nachricht zurück, damit ich ihre konkrete Frage mit dem unklaren rhetorischen Status nicht beantworten muss. Ich sage: »Ich komme am Samstag.« Ich sage die Verabredung zum Brunch mit meiner Mutter ab und verlege die morgendliche Therapiesitzung um eine Stunde vor.

Ich weiß – wenn ich hingehe und mir dieses Baby anschaue, ist meine Freundschaft mit Indigo sofort vorbei. Ich war gern mit ihr befreundet. Sie war meine allerschönste Freundin, körperlich, seelisch, geistig. Sie war immer so ungeheuer gesund. Sie kehrte der amerikanischen Businesswelt den Rücken, um Yogalehrerin zu werden, und sie aß nichts mehr, das von einer Kuh stammte, und das sah man an ihren blitzenden weißen Zähnen und ihrem schimmernden, üppigen Haar und ihrer Haut, die in einem prachtvollen Karamellton erstrahlte. Für jede meiner Unpässlichkeiten konnte sie ein pflanzliches Heilmittel empfehlen. Oder eine bestimmte Dehnübung. Indigo und ich, wie wir in ihrem Wohnzimmer Rückbeugen übten und mir das Blut ins Gesicht schoss, und ich denke: So eine Freundin wollte ich immer haben. Diese Rückbeugen werden mir fehlen, Indigo. Sie haben mir wirklich geholfen gegen den Stress.

Ich gehe in eine Kinderboutique in meinem Viertel, pink, munter, fröhlich, und kaufe für das Baby ein Buch, *Der Baum, der froh und glücklich war*, eine grässliche Geschichte über ein egoistisches Kind, das einem selbstlosen Baum das Leben aussaugt. (Dieser Baum setzt keine Grenzen, das fand ich schon immer.) Aber genau dieses Buch kauft man nun mal für ein Baby. Indigo hat es mit Sicherheit schon fünfmal. Ich bin immer zu spät dran, um die Erste zu sein. Außerdem kaufe ich ein Stoffkaninchen, dessen Schlappohren in der Geschenktüte weich in ein Meer aus pastellfarbenem Seidenpapier hängen. Auch das hat sie, wie ich weiß, in zahlreichen Variationen, mehr oder weniger. Ich habe diesem Kind nichts Originelles zu bieten. Und doch bin ich verpflichtet, eine Opfergabe zu bringen, eine Jungfrau den Göttern, ein Stofftier einem neuen Baby. Wenn ich dieses Geschenk auf den Altar lege, versprichst du mir dann, dass ich niemals schwanger werde? Ich achte darauf, dass ich Geschenkquittungen für beides bekomme.

In der Praxis der Therapeutin bin ich feindselig und sitze linkisch mit hängendem Kopf und schlaffen Schultern gebeugt im dunklen Ledersessel. Ich hätte mich auf die Couch setzen können, möchte aber jeder Versuchung widerstehen, mich in die Embryonalhaltung zu krümmen und zu sterben. Genau das sagt die Couch nämlich zu mir. Setz dich auf mich und stirb.

Es ist erst das vierte Mal im letzten halben Jahr, dass ich meine Therapeutin aufsuche. Sie hat mir immer wieder auf die Mailbox gesprochen und vorgeschlagen, dass ich einen Termin vereinbare. »Warum lassen Sie sich nicht ein?«, sagt sie. Jetzt bin ich da und ich kann ihr nicht in die Augen sehen. *Reicht es denn nicht, dass ich in Ihrer Praxis bin?*, würde ich gern zu ihr sagen. *Kriege ich keine Punkte dafür, dass ich es überhaupt geschafft habe? Und jetzt soll ich auch noch was bieten?*

Ich gebe zu, jedes Mal, wenn ich bei ihr war, habe ich mich ausgekotzt und dann geläutert gefühlt. Anschließend bin ich überzeugt, dass ich nie wieder zu ihr gehen muss. Doch bald läuft mein Brunnen wieder voll, und offenbar weiß sie genau, wann der Rand erreicht ist, dann ruft sie mich nämlich an. Ich nehme nicht ab, nie. Ich lasse sie ins Leere reden. Lasse sie schmoren. Ich weiß nicht, warum ich sauer auf sie bin. Sie macht nur ihren Job. Aber müsste ich mich inzwischen nicht besser fühlen? Es sind schon sieben Jahre.

Sie fragt mich, wie es mir geht. Job – einigermaßen; Bruder – schrecklich; meiner Mutter fühle ich mich in letzter Zeit näher, und das war schön, aber die ganze Familie ist am Boden zerstört, weil das Baby von meinem Bruder so krank ist. Wir reden über mein Liebesleben. Immer versucht sie herauszufinden, was ich will von einem Mann, von einer Beziehung. Sie fragt mich rundheraus: »Was wollen Sie? Solange Sie nicht wissen, was Sie wollen, werden Sie es auch nicht finden.« Sie behandelt mich mit liebevoller Strenge. Ich denke: Sie haben keine Ahnung von Strenge, Lady. Dann sage ich zu mir selbst: Und du hast keine Ahnung von Liebe.

Ich antworte ihr nicht direkt. Stattdessen gehe ich ihr zuliebe sämtliche Männer in meinem Leben durch. Es gibt einen Mann, den ich vor Jahren kannte, ein Künstler, gequält, launisch, freundlich, pleite. Ich nehme ihn nicht ernst als potenziellen Kandidaten, aber manchmal gehen wir zusammen was trinken. Es gibt einen ehemaligen Nachbarn, mit dem ich mir gelegentlich schreibe, und manchmal kommt er vorbei und wir trinken Wein auf meinem Dach. Er will nicht mit mir zusammen sein, weil ich weiß bin, denn er ist schwarz und er weigert sich, mit weißen Frauen zusammen zu sein, aber ich glaube, vielleicht sind wir doch zusammen. Es gibt einen Mann, der gerade wieder Single ist, ein geschiedener Vater, zehn Blocks entfernt. Ich habe ihn auf einer Grillparty kennengelernt und wir hatten einige Male Sex, und er rammelt, als ginge es um die Goldmedaille im Vögeln. Wenn ich ihn getroffen habe, bin ich jedes Mal gebeutelt, aus dem Lot, und doch komme ich immer wieder, sobald er ruft.

»Wenn man die alle zusammenzählt, entsprechen sie einem festen Freund«, sage ich. »Nein, tun sie nicht«, sagt sie. »Dann einem halben Freund«, sage ich. Sie sagt nichts. Auf ihrem Schoß liegt ein Notizbuch. Sie schreibt nichts hinein. Irgendwann fange ich an zu weinen. »Ich weiß nicht, warum Sie mich nicht einfach in Ruhe lassen«, sage ich. Ich wünschte, ich wäre da auf der Couch, denke ich. Die Couch sieht super aus.

Die Therapeutin fragt mich, ob ich einen neuen Termin mit ihr ausmachen will, und ich sage, ich rufe sie an, wenn ich meinen Zeitplan besser kenne, und das ist gelogen und wir wissen es beide. Bevor ich ihre Praxis verlasse, gehe ich zur Toilette, damit ich Augentropfen benutzen kann. Ich würde sterben, wenn ich das Baby besuchen und Indigo merken würde, dass ich traurig bin. Wir sollten uns alle über das Baby freuen, wenn wir es sehen. Das Baby ist unverdorben und vollkommen und braucht nichts zu wissen über fehlende Richtung im Leben oder Familienkrisen oder die Wahl unangemessener Sexualpartner.

Indigo bewohnt in Tribeca den obersten Stock eines kleinen, alten, schönen Gebäudes, ein Loft voller winziger, romantischer Architekturdetails und mit zwei gewaltigen Säulen im Wohnzimmer. Sie liegt hingegossen auf ihrer Couch, als ich eintrete, ganz in Weiß, lauter fließende Stoffe. Es ist unklar, ob das, was sie da trägt, ein Kleid ist oder Hemd und Hose oder was. Wo hört das eine Kleidungsstück auf und wo fängt das andere an? Ein altmodischer Ventilator aus Metall surrt in der Nähe auf einem hohen Gestell. Der Stoff, der sie umgibt, wallt in seinem Hauch. Mitten hinein ist ein Baby gekuschelt, ein Junge. Sein Teint ist nicht so dunkel wie der seiner Mutter, aber immer noch braun, und seine Haare sind frappierend platinblond.

»Schau ihn dir an, er ist vollkommen«, sage ich, und es stimmt. »Ein kleiner Goldschatz.«

Indigo schenkt mir ein benommenes Lächeln. »Verzeih mir, ich bin gerade fertig mit meiner Morgenmeditation«, sagt sie. »Außerdem ist meine Mutter gerade zurück nach Trinidad gefahren, und ich versuche mich zu erinnern, wer ich mal war, bevor sie mein Apartment gekapert hat. Sie hasst New York, und zwar richtig, also weigert sie sich, das Haus zu verlassen, wenn sie einmal da ist. Sie will nur mit dem Baby zusammen sein. Ich flehe sie an, einen Spaziergang zu machen, aber sie sagt: ›Wohin denn?‹ Ich weiß nicht, Mom, was würdest du denn vielleicht gerne sehen in New York City? Auf dieser ganzen schönen weiten Welt, was würdest du gerne sehen?«

Ach, Indigo, ich werde dich vermissen, denke ich. Wenn du platzt, platzt du so schön.

Und dann fällt ihr etwas ein, ihr fällt wieder ein, wie sie sein will im Universum. Yogini Indigo. »Natürlich bin ich immer glücklich über die Hilfe. Sie beschenkt mich mit ihrer Zeit und ich bin dankbar dafür. Ich bin …« Sie schaut ihr Kind an, intensiv, geradezu lüstern. Sag es nicht, denke ich. »Gesegnet«, seufzt sie.

Andererseits, denke ich, kann ich auch ohne dich überleben.

Ihr Baby heißt Efraim. »Das ist ein Altmännername«, sage ich. »Wie ein toter alter Mann aus der Bibel.«

»Wir wollten ihn Tyler nennen, aber dann haben wir ihm in die Augen geschaut, als er geboren war, und da schien er schon tausend Jahre alt zu sein, und ich sagte *Efraim*. Die Weisheit aller Zeitalter in einem Kopf.«

»Gefällt es dir?«, frage ich. »Ein Baby zu haben, Mutter zu sein?«

»Mir ist, als hätte sich mein ganzes Universum ein- und dann wieder ausgestülpt und dabei meine Seele und meinen Geist erneuert.«

Ich lache Indigo aus, und sie zwinkert und lächelt. Sie findet das alles nicht lustig. Sie ist auf dem Planeten Indigo, und ich mache dort nur eine Stippvisite.

»Wie geht es Todd damit?«, frage ich.

Todd ist Investmentbanker. Todd ist in Ordnung. Er ist *prima*. Er ist ursprünglich aus Seattle und er wäre beinahe Arzt geworden statt Banker und er hat eine Firma für Mikrokredite gegründet, um Kindern in Tunesien zu helfen, einem Land, in dem er als Student ehrenamtlich gearbeitet hat, damals, als er noch Christ war. Als er aufhörte, Christ zu sein, setzte er zehn Jahre lang in Tribeca seine Seele in Brand, wobei er sein Geld von der Wall Street als Zunder benutzte. Dann lernte er Indigo kennen, und jetzt machen sie das hier, mit dem Loft und der Ehe und dem Baby.

»Todd ist verliebt in unseren Efraim. *Verliebt*. Wirklich, man hat noch keinen Mann gesehen, der so verrückt nach seinem eigenen Kind gewesen wäre. Jeden Morgen vor der Arbeit steht er auf und macht mit ihm einen Spaziergang im Viertel. Er gibt mit ihm an, wohin er auch geht. So süß.«

Das Baby weint. Indigo greift in die vielen Falten ihres Stoffs und holt irgendwie mühelos eine gewaltige Brust hervor, mit einer riesigen, aufgerichteten Brustwarze. Ihre Gewänder umwabern sie. Sie legt ihr Kind an diese Brust.

»Was ist mit dir?«, sagt sie. »Was macht dein Leben? Erzähl mir, was der Rest der Welt so treibt. Ich lechze danach.«

»Ich war gerade bei meiner Therapeutin«, sage ich.

»Ich wusste nicht, dass du wieder in Therapie bist«, sagt sie.

»Bin ich nicht«, sage ich. »Na ja, so nebenbei. Ich weiß nicht. Die ewige Wiederkehr, wahrscheinlich.«

Das Baby schmatzt laut an ihrer Titte.

»Manchmal ist es schon gut, wenn man jemand zum Reden hat.«

»Mir musst du die Therapie nicht schmackhaft machen. Todd und ich gehen seit unserem Halbjahresjubiläum hin. Das war sein Geschenk für mich. Er hat uns einen Termin beim besten Paarberater der Stadt gemacht.«

Das Baby saugt und saugt.

»Wir reden vor allem über meine Beziehungen«, sage ich. »Diese Frau und ich.«

»Das ist gut«, sagt sie.

»Eigentlich habe ich aber gar keine Beziehung«, sage ich. »Ich habe von allem nur Bruchstücke.«

»Das ist ein Anfang«, sagt sie. Sie streichelt dem Baby den Kopf.

»Ich glaube, ich werde einfach immer allein sein«, sage ich. Allmählich rege ich mich auf.

»Ist doch in Ordnung, wenn du allein sein willst«, sagt sie.

»Ich weiß nicht, ob ich allein sein will, ich glaube nur, ich werde es sein«, sage ich. Na ja, meistens. Es ist kompliziert. Ich sehe mich nicht so, als wäre irgendwas an mir konventionell. Trotzdem habe ich Dates. Und Sex. Und bin auf der Suche.

»Du musst nicht mit jemand zusammen sein. Dein Wert bemisst sich nicht daran«, sagt sie, in ihrem Zwei-Millionen-Dollar-Loft, das ihr Mann gekauft hat.

»Das weiß ich«, sage ich.

Die Menschen konstruieren sich ständig neue Leben. Ich weiß das, weil ich sie nie wieder sehe, sobald sie so ein neues Leben gefunden haben. Sie kriegen Kinder oder ziehen in eine andere Stadt oder einfach nur in ein anderes Viertel, oder du kannst die Person, mit der sie zusammen sind, nicht ausstehen oder sie dich nicht, oder sie fangen an, Nachtschicht zu arbeiten, oder sie fangen an, für einen Marathon zu trainieren, oder sie hören auf, in Bars zu gehen, oder sie fangen an, in Therapie zu gehen, oder sie merken, dass sie dich nicht mehr mögen, oder sie sterben. Das passiert unentwegt. Es liegt an mir. Ich habe nichts Neues aufgebaut. Ich bin diejenige, die man hinter sich lässt.

»Du bist sowieso nie wirklich allein. Du hast lauter Leute um dich«, flüstert sie. »Und außerdem Energie.« Indigo war immer einer meiner größten Fans.

Sie klinkt ihr Baby aus und legt es sich über die Schulter. Während sie es tätschelt, damit es Bäuerchen macht, betrachtet sie mich prüfend. Und da fällt mir auf, dass ich schon die ganze Zeit weine. Gemein! Ich hätte nicht geweint, wenn ich nicht vorher bei der Therapie gewesen wäre. Dadurch sind die Dämme gebrochen. Es ist nicht meine Schuld, will ich Indigo sagen. Jemand anderes ist schuld.

Indigo bietet mir ein Glas Wein an, aber ich lehne ab, weil es elf Uhr vormittags ist, obwohl, ja, natürlich, ich hätte liebend gern ein Glas Wein, fast immer.

»Alles gut. Ich bin in letzter Zeit nur sofort von null auf hundert, einfach so.«

»Du hast so lange gebraucht, um mich zu besuchen, da dachte ich schon, dass etwas nicht stimmt. Oder dass du vielleicht sauer auf mich bist.«

»Alles stimmt«, sage ich. »Ich könnte dir gar nicht sagen, was in meinem Leben nicht stimmt, außer dass es noch genau dasselbe ist.«

Sie hält mir das Baby hin. »Hier«, sagt sie. »Nimm Effy. Er ist der beste Stimmungsaufheller, den ich kenne.« Lieber hätte ich ein Glas Wein. Aber ich nehme Effy. Und er ist genau so, wie man sich ein Baby wünscht. Er riecht nach Sahne und sein Haar ist seidenweich. Na schön, zeig mir, was du draufhast, Junge, denke ich; mal sehen, was du weißt. Indigo gurrt dazu, während hinter ihr der Ventilator bebt. Ich schaue ihm in die Augen. Sie hat mir Weisheit versprochen. Die Weisheit der Zeitalter sehe ich nicht. Aber für einen Moment, in der Zartheit seines Babydaseins, in seiner ahnungslosen und sanften Ruhe, sehe ich Linderung.

Du weißt noch gar nichts, denke ich. Du hast absolut keine Ahnung. Du glückliches Kind.

# EVELYN

Meine Mutter teilt mir mit, dass sie wegzieht. Sie ist endlich im Ruhestand, und sie geht nach New Hampshire, um meinem Bruder David und seiner Frau Greta bei der Pflege ihres kranken Kindes zu helfen, Sigrid, die vier Jahre alt ist und im Sterben liegt, die vielleicht bald stirbt. Sie wohnen in einer Kleinstadt, wo es keine Juden gibt, was für meine Mutter wichtig sein könnte, also weise ich darauf hin. Sie zuckt mit den Schultern. »Enkelkind sticht Juden«, sagt sie. Wir essen downtown Weißfischsalat und Bagel, das tun wir nämlich inzwischen meistens am Samstag, wenn wir uns auf halbem Weg zwischen meiner und ihrer Wohnung treffen. Was ist mit Weißfisch, hätte ich am liebsten gesagt. Haben die Weißfisch in New Hampshire? Und was ist mit mir? Was steche ich aus?

Sie fängt an, über die Pläne zu reden, die sie mit ihrem Apartment hat – es ist mietpreisgebunden. Sonst hätten wir unsere von Armut geprägte Kindheit auch niemals überlebt. Sie kann das Apartment nicht aufgeben, erkläre ich ihr. Es muss für immer in unserer Familie bleiben. Ich hatte mir vorgestellt, dass ich es eines Tages kriege oder dass David zurückkommt. »Ich lasse es leer stehen««, sagt sie. »Vorläufig.« Während sie darüber redet, was sie mitnehmen und was sie dalassen wird, ereilt mich eine mittelschwere Panikattacke. »Ich weiß aber nicht, wann ich zurückkomme«, sagt sie. »Vielleicht in einem Jahr. Vielleicht in dreien. Oder nie.« Ich höre auf zu essen. Ich schiebe meinen Teller weg. »Vielleicht liebe ich New Hampshire ja, es sind schon seltsamere Dinge passiert, all die Bäume und die frische Luft.« Ich werde sie nie wieder sehen. Über Leute, die ihre Bagel aushöhlen, muss ich mich jetzt allein lustig machen. Verbrecher nennt meine Mutter sie.

»Andrea, lass das nicht umkommen, das ist guter Weißfisch«, sagt meine Mutter. »Iss du ihn«, sage ich. »Er wird dir fehlen, wenn es keinen mehr gibt.« »Die haben Lebensmittel in New Hampshire«, sagt sie.

Mich überkommt so ein Gefühl, dass sie in New Hampshire sterben wird. New York City ist ihr Lebenselixier. Ihre Freundinnen, die Straßen, die Bahnen, die Restaurants, die Parks, die Museen, die zahllosen kostenlosen Vortragsreihen. Meine Mutter liebt Vorträge. Sie und ihre beste Freundin Betsy aus ihrer Zeit als Aktivistin besuchen mindestens drei pro Woche, und dann sitzen die beiden mit ihrem glänzenden grauen Haar ganz vorn in der Mitte, Betsy, die kinderlose Betsy, strickt einen weiteren Schal für die Wohlfahrt, während meine Mutter nickt und Notizen macht, die sie manchmal am nächsten Tag abtippt und mir und ein paar Freundinnen per E-Mail schickt. »Ich dachte, ich zeige euch mal, was ich gestern Abend gelernt habe«, lautet der Beginn jeder Mail. Vergiss den Weißfisch, vergiss mich – aber was ist mit den Vorträgen?

»Verlass mich nicht«, sage ich. »Veränderung ist gut«, sagt sie. »Veränderung ist schrecklich«, sage ich. »Du hattest mich lange genug«, sagt sie. Ich esse den Weißfisch auf.

Ein Gespräch mit meiner Therapeutin:

*Ich:* Meine Mutter verlässt mich und zieht nach New Hampshire.

*Therapeutin:* Und wie fühlen Sie sich dabei?

*Ich:* Es gibt mir das Gefühl, dass sie mich nicht liebt.

*Therapeutin:* Hat sie Ihnen nicht schon bewiesen, dass sie Sie liebt?

*Ich:* Wie denn?

*Therapeutin:* Indem sie für Sie gesorgt, Sie genährt, Sie unterstützt, Sie aufgezogen hat zu dem Menschen, der Sie heute sind.

*Ich:* Das klingt ja alles ganz vernünftig, aber kann ich Sie mal was fragen?

*Therapeutin:* Sicher.

*Ich:* Auf wessen Seite stehen Sie eigentlich?

Ein paar Wochen später biete ich an, ein Auto zu mieten und sie nach New Hampshire zu fahren, wenn auch unter Protest, Protest, Protest!

Sie hat zwei Koffer und ein paar Kartons mit persönlichen Sachen, in denen ich herumkrame, als ich in ihr Apartment komme. Es sind vor allem Bücher über Elternschaft und Großelternschaft und ein paar über

Glauben. *Der Weiblichkeitswahn* und *Der Prophet* sind auch dabei, Bücher, die mir gestrig vorkommen, wenn ich daran denke, wie lernbegierig und zukunftsorientiert meine Mutter ihr Leben lang gewesen ist. Ich stehe da und halte sie in der Hand. »Es tröstet mich, sie in meiner Nähe zu haben«, sagt sie. Ich wedele damit. »Die alte Betty und Khalil, wer hätte das gedacht?«, sage ich. »Sie erinnern mich an eine bestimmte Zeit«, sagt sie. »Sie erinnern mich an deinen Vater.« »Okay«, sage ich. »Jetzt lass uns fahren«, sagt sie. Sie drängt uns beide aus dem Apartment, das nun bis auf Weiteres verschlossen, stickig und dunkel bleibt.

Während der ersten zwei Stunden im Auto hören wir National Public Radio, sonderbar tröstlich, wenn schlechte Nachrichten in vernünftigem Ton verkündet werden, während meine Mutter immer wieder ihre Kommentare abgibt. Sie kauft diesem Sender so ziemlich alles ab, hat aber ihre Momente des Zweifels: Manche Berichte wirken oberflächlich auf sie. »Was würden sie machen, wenn sie mehr Zeit für diese Geschichte hätten«, fragt sie sich. »Zwei Minuten mehr über das Leben der Menschen, die das Gemüse anbauen, das wir essen, würde sie das umbringen?« Ich reagiere nicht.

An einer Raststätte in Connecticut will sie eine Kaffeepause einlegen. »Lass uns einen Moment hinsetzen, komm her, setz dich zu mir, meine liebe Tochter«, sagt sie. Ich lasse mich in eine Tischnische plumpsen. »Du hast auf der ganzen Fahrt keine zwei Worte gesagt.«

»Mir ist nicht nach Reden«, sage ich. »Ich bin traurig, dass du weggehst, weiter nichts.«

»Weißt du, ehe du dreißig warst, hast du mich nicht mal besonders gemocht«, sagt sie.

»Tja, das stimmt«, sage ich. »Es war hart manchmal, bei dir aufzuwachsen.«

»Ich hatte es schwer mit deinem Vater«, sagt sie. »Ich habe lange gebraucht, um mich zu erholen.«

»Ich frage nicht nach einer Erklärung«, sage ich. Ich denke an die vielen Dinnerpartys, die sie nach Dads Tod gegeben hat. Die vielen Männer im Haus. Die vielen Schöße, auf denen ich gesessen habe. Die viele Aufmerksamkeit.

»Ich sage ja nur, du bist schon ohne meine regelmäßige Präsenz in deinem Leben ausgekommen, du wirst es wieder tun«, sagt sie.

»Wen willst du im Moment gerade trösten?«, sage ich.

Bevor wir weiterfahren, gehen wir zur Toilette, wo es nach Desinfektionsmittel stinkt, sodass ich würgen muss. Eine Teenagerin wischt widerwillig die Behindertenkabine. Meine Mutter bleibt für fünf Extraminuten zurück, um mit dem Mädchen die Situation der örtlichen Gewerkschaften zu diskutieren. Ich gehe zum Wagen und sende an jeden einzelnen mir bekannten Menschen die folgende Nachricht: »Meine Mutter versucht, mich mit ihren Gefühlen zu ermorden. Bitte schickt Hilfe.«

Als wir über die Staatsgrenze nach Massachusetts fahren, sagte sie: »Wir müssen noch was besprechen.«

»Nein«, sage ich. »Ich bespreche jetzt nichts mit dir. Ich habe keine Besprechungsenergie mehr.«

»Andrea.«

»Schön.«

»Wenn ich jemals krank werde, also, richtig krank, und mir jemand den Stecker ziehen muss, dann will ich, dass du das bist.«

»Was? Nein. Darüber will ich nicht reden.«

»Ich bitte dich, das für mich zu tun«, sagt sie. »Das gehört dazu, wenn man erwachsen ist, dass man sich mit dem Thema Sterblichkeit befasst.«

»Warum muss David das dann nicht tun?«, sage ich.

»David hat sein eigenes Sterblichkeitsthema«, sagt meine Mutter. »Sein eigenes Päckchen zu tragen. Es wird Zeit, dass du deins akzeptierst.«

»Ich habe viele Probleme, das verspreche ich dir«, sage ich.

»Außerdem vertraue ich ihm nicht, dass er meine Wünsche respektiert. Aber ich weiß, du könntest das tun, wenn es so weit ist.«

»Wie kommst du darauf, dass ich das könnte?«

»Wolltest du mich nicht dein Leben lang umbringen?«, sagt sie.

»Ha ha«, sage ich.

»Ha ha«, sagt sie.

»Warum führen wir in letzter Zeit so viele traurige Gespräche?«, sage ich.

»So ist das eben, wenn man älter wird. Man muss über Krankheit nachdenken und Tod und Sterben und so weiter. Das musste ich bei Oma und Opa auch. Ich war auch die Stecker-Zieherin, falls dir das irgendwie hilft. Es macht dich nicht zu einem schlechten oder guten Menschen. Es heißt nur, dass du *zupacken* kannst.«

Wir fahren zwei weitere Stunden, runter von der Autobahn, dann auf einer Schnellstraße, dann auf einer gewundenen Landstraße. Wir fahren vorbei an Seen, gesprenkelt mit knittrigen Herbstblättern, die violett gekräuseltes Wasser fast ganz überdecken. Es könnte ein Vergnügungsausflug sein. Ein Kurzurlaub geradezu. Die Straßen werden enger, vier Spuren, dann zwei, manchmal nur eine; niedrigere Häuser, dann weniger Häuser, lange Abschnitte, auf denen es nur Gras und Bäume gibt, meilenweit das blaue Echo des Himmels. Traktoren, Ziegen, Tannen, Hühnerställe, ein Rasenmäher. Ein kleiner Friedhof.

Ich sage meiner Mutter, dass wir in zehn Minuten da sind.

»Ach, wir haben ganz vergessen, über dein Liebesleben zu reden«, sagt meine Mutter.

»Spar's dir, Lady«, sage ich.

Inzwischen sind wir im Wald, und ich kann jeden Kiesel unter den Reifen springen hören, als ich auf ihr Haus zufahre. Meine Schwägerin, blond, gesund, üppiger als sonst, auch haariger, öffnet uns die Haustür mit einem Finger an den Lippen. Das Baby schläft. Das Baby schläft immer, würde ich Greta gern sagen. Das

Baby hat ein schlimmes Herz und einen Hirnschaden und sie hat nie ein Wort gesprochen. Ich glaube nicht, dass sie in ihrem Leben jemals wirklich wach gewesen ist. Stattdessen flüstere ich ein Hallo, und ich gebe Greta einen Kuss, und meine Mutter schließt sie in die Arme und wir gehen alle zusammen durch das bröckelnde Backsteinhaus im Wald, um nach dem Baby zu sehen. Ich löse mich und frage, wo mein Bruder ist, und Greta zeigt auf den Garten hinter dem Haus. Sie spielt pantomimisch Gitarre und verdreht dabei ein kleines bisschen die Augen. Ich spaziere in eine Richtung, wo kein Baby ist.

Hinter dem Haus, aus der kleinen Hütte, höre ich Gitarrengeklimper. Ich klopfe an die Tür. Schmetterlinge im Dunst am Umriss der Hütte, sattgrünes Gras, blauer Himmel, hoch aufragende, gewaltige Bäume am Grundstücksrand, dahinter ein Bach, mein Bruder hat ihn mir einmal gezeigt. »Ich bin's«, sage ich. »Deine Schwester.« Er spielt ein Gitarrensolo, denke ich. Ich sollte warten, bis er fertig ist. Dann wird mir klar, dass alles ein Gitarrensolo ist, wenn man allein spielt, und ich trete ein.

In der Hütte gibt es Aufnahmegeräte, einen Laptop, ein gemustertes, an die Wand getackertes Laken und eine Matratze auf dem Boden, wo mein Bruder lümmelt, Kopfhörer auf den Ohren und in den Armen eine Gitarre. Sein Bart ist gewaltig und vollständig ergraut. Den kahl werdenden Kopf hat er glatt rasiert. Es riecht schwach nach Marihuana. Ich wedele vor seinem Gesicht herum. »Da bist du ja«, sagt er. Er wirkt hoch erfreut und verzweifelt zugleich. Er nimmt den Kopfhörer ab, steht auf und erdrückt mich dann fast mit seiner Umarmung.

Mein Bruder bezeichnet sich selbst als Lebenslänglichen, wenn von seiner Musik die Rede ist. Berühmt würde er niemals werden – so viel wussten wir. Berühmt sein ist schwer, und außerdem sollte man das auch nicht wollen – das schiere, offensichtliche Verlangen danach ist widerlich, hat mir mein Bruder erklärt. »Gute Musik machen, das sollte man wollen«, sagt er. »Zuschauen, wie die Leute dazu tanzen oder mitsingen oder es einfach genießen, die Gesichter bei den Konzerten. Zum Ruhm gehört das alles dazu, klar, aber es ist nicht der ganze Ruhm, und man kann es auch so haben, ohne berühmt zu sein.« Er macht Musik und verkauft sie über das Internet, und wenn er ein paarmal im Jahr Gratiskonzerte in New York spielt, machen sich seine grauhaarigen, kahl werdenden Fans auf den Weg zu ihm und kaufen seine Fanartikel und betrinken sich mit ihm und posten Selfies mit ihm im Internet, als hätte jemand ein Gespenst gesehen und ein flüchtiges Bild von ihm eingefangen und wollte nun dessen Echtheit beweisen. »Ich kann das nicht ewig machen«, sagt mein Bruder. »Ich meine, die Musik wird weiterleben, aber irgendwann habe ich niemanden mehr, der zu meinen Konzerten kommt. Die werden alle sterben.« »Du auch«, sage ich. »Und du auch«, sagt er.

Wir dampfen. Er spielt mir etwas von seiner Musik

vor. Ich frage ihn, wie es seiner Kleinen geht, und er erklärt mir, dass es noch dasselbe ist, dasselbe, immer dasselbe. »Wie geht's dir und Greta?«, sage ich. Er kratzt seinen Bart, reibt sich die Augen, tätschelt seinen kahlen Schädel, kommuniziert sozusagen auf jede erdenkliche Weise mit seinem Kopf und sagt dann: »Manchmal glaubt sie, dass sich Sigrids Zustand langsam verbessert. Ist schon krass.« »Sigrids Zustand wird sich nie verbessern«, sage ich. »Ich weiß«, sagt er. »Sigrids Zustand wird sich immer nur verschlechtern«, sage ich. »Das musst du mir nicht erzählen«, sagt er.

Irgendwann verlassen wir die Hütte und machen uns auf den Weg zurück zum Haus. Die Schmetterlinge sind verschwunden, und jetzt sind nur noch Mücken da und der Vorspann des Sonnenuntergangs. In der Ferne hopst ein Häschen. »Es ist hübsch hier«, sage ich zu meinem Bruder. »Das muss ein schönes Leben sein.« Er legt einen Arm um mich. »Mir geht es miserabel«, sagt er. Meine Mutter und Greta stehen an der Fliegengittertür. Meine Mutter hält das Baby, es liegt schlaff in ihren Armen. Eine Vierjährige, die nie viel gewachsen ist. Gretas Augen sind traurig und riesengroß. »Aber jetzt ist Mom da«, sagt er. »Und ich glaube, das wird helfen.«

Nach dem Essen, als die Sterne aufgegangen sind und ich den gesamten im Haus vorhandenen Wein getrunken habe, teilen meine Mutter und ich das Gästezimmer. Das jetzt wohl praktisch ihr Zimmer ist, nehme ich an. Vor dem Einschlafen sage ich ihr, dass ich weiß, was sie da tut, dass sie ihre Zeit mir geschenkt hat und dass sie ihre Zeit jetzt David schenkt. »Aber eigentlich will ich wissen, was ist mit dir?«, sage ich.

»Ich hatte so viel von mir, dass es für ein Leben reicht«, sagt meine Mutter. Sie hat sich zur Wand gedreht und ihr Ton ist träumerisch. Dann sagt sie mir, dass sie mich liebt, sie sagt mir, dass ich jetzt schlafen soll. »Morgen früh beginnt ein neuer Tag«, sagt sie. »Das ist das Beste am Einschlafen. Zu wissen, dass morgen ein neuer Tag ist.«

»So was erzählt man einem Kind«, sage ich. »Ich erwarte mehr von dir.«

»Andrea, es reicht«, blafft sie. »Weißt du, du kommst besser klar, als du glaubst. Du kannst ohne mich überleben.«

»Kann ich nicht«, sage ich.

»Na schön, auch wenn nicht, was ich nicht glaube, dann werde jetzt mal erwachsen«, sagt sie. Sie dreht sich um, und ihre Stimme ist jetzt ganz nah. »Kümmere dich um deinen Scheiß, Andrea. Du bist neununddreißig Jahre alt. Du kannst das.«

»Ich versuch's«, sage ich.

»Und noch was«, sagt meine Mutter. »Ich sehe, dass du dieses Baby nicht hältst. Du glaubst, ich merke das nicht, tu ich aber.«

Ich sage keinen Ton.

»Morgen hältst du das Baby«, sagt sie.

Ich bin das kranke Baby, denke ich. Ich. Und wer hält mich?

Am Morgen fahre ich früh los, als alles im Haus noch

schläft. Ich schreibe einen Zettel, auf dem steht: »Notfall auf der Arbeit«, und dann werfe ich ihn weg, weil niemand das glauben wird – jeder weiß, ich hasse meinen Job und habe es niemals eilig damit. Ich schreibe noch einen Zettel, auf dem steht: »Liebe Familie, bis bald, danke, ich liebe euch«, unverbindlich, wahrheitsgemäß, liebevoll, dann zeichne ich darunter ein Herz. Ich nehme die Hintertür, um die Vögel zu sehen und die Bäume und den Himmel in der frühen Morgensonne, alles zusammen ist eine Symphonie, und ich bin erleichtert, dass es sie gibt, diese Schönheit. Aus der Hütte dringt leise Musik. Ich klopfe an die Tür. Mein Bruder macht auf, im Schlafanzug. »Ach, David«, sage ich. Ich umarme ihn zum Abschied, und er schluchzt an meinen Hals. »Schon gut, schon gut«, sage ich. »Du kannst sie haben.«

## DER LETZTE MANN AUF DER WELT

Ich gehe zu einer Vernissage. Es handelt sich um eine Einzelausstellung für meinen Freund Matthew. Ich war kurz mit ihm zusammen, als wir beide im Aufbaustudium waren, als ich noch Künstlerin war oder eine werden wollte, »Künstlerin« als Berufsbezeichnung, jedenfalls, das ist dreizehn Jahr her, und was immer wir beide damals waren, sind wir jetzt nicht mehr.

Matthew ist absurd groß, eins fünfundneunzig oder so, und dünn, und zerbrechlich, und eine Spaßbremse. In seiner Kunst spiegeln sich sowohl seine Vogelperspektive auf die Welt als auch das schwermütige Temperament – die Bilder thematisieren oft den Blick von oben in Krater, Löcher, dunkle Tiefen. »Geht's dir gut?«, möchte ich ihn immer fragen, wenn ich seine Arbeiten sehe, es ist aber unhöflich, einem anderen Künstler so eine Frage zu stellen, es sei denn, man ist mit ihm verwandt, und selbst dann wird das nicht so gut aufgenommen.

In der Galerie fällt mir auf, dass an keinem der Bilder ein roter Punkt klebt, was bedeutet, dass er nichts verkauft hat. Ach, Matthew. Ich beschließe, etwas zu kaufen. Ich bin eine erwachsene Frau mit einem Job in der amerikanischen Businesswelt, die ihren College-Kredit längst abbezahlt hat, und mein Apartment ist billig und ich habe Geld auf dem Sparkonto. Ich kann ein Bild kaufen, wenn ich will. Ich suche mir die Darstellung einer finsteren Grube aus, bei der man die Illusion hat, direkt hineinzublicken. Im Grunde ganz geschickt gemacht. Tief unten ist ein winziger strahlend weißer Kreis. Leben tief unten in der Grube. Ich reiche dem Inhaber der Galerie meine Kreditkarte. Jetzt bin ich jemand, der Kunst kauft, denke ich. Statt welche zu produzieren.

Zehn Minuten später stehen Matthew und ich vor der Galerie, zwei lauwarme Bierflaschen in der Hand. »Du siehst gut aus«, sagt er. »Du auch«, sage ich. Nicht ohne Triumph stoßen wir mit den Bierflaschen an. Wir altern, sind aber nicht alt.

Ich frage ihn, ob er begeistert von seiner Ausstellung ist.

»Na ja, du bist die Einzige, die was gekauft hat«, sagt er. »Das dürfte den Betrieb für ungefähr einen Monat am Laufen halten, also vielen Dank. Aber nur den in der Wohnung, nicht den im Atelier, also muss ich wohl mein Atelier abschaffen, huch? Außerdem ist letztes Wochenende mein Mitbewohner ausgezogen, und allein der Umstand, dass ich mit fast vierzig einen Mitbewohner habe, schafft ganz eigene Probleme. Und den Studienkredit habe ich immer noch nicht abbezahlt.«

»Aber es waren doch heute Abend total viele Leute da«, sage ich. »Bei *deiner* Ausstellung.«

»Zum Lästern und Freibiertrinken.«

»Ich bin nur gekommen, um dich und deine Kunst zu

sehen«, sage ich. »Das Bier hier bedeutet mir nichts, hast du gehört? Nichts.«

»Deswegen bist du auch mein Lieblingsmensch auf der ganzen Welt«, sagt er, was definitiv nicht stimmt, und dann küsst er mich. Ich glaube nicht, dass er das irgendwie vorhatte oder auch nur den Grund dafür kennt, und nach dem Kuss tritt er einen Schritt zurück und seine Pupillen sehen riesig aus, die Augen, auch riesig, und er fuchtelt mit den Armen und ein bisschen Bier spritzt herum. Der ganze Ablauf erwischt mich völlig unvorbereitet. Aber ich lasse mich gern verunsichern. Also schlafen wir miteinander.

Und es ist richtig schöner, süßer, langsamer, Siebzigerjahre-Westcoast-Strand-Sex. Alles an ihm ist einsatzfähig und an mir auch. Er bleibt über weite Strecken fast bewegungslos in mir, und ich liege da und atme tief, und dann vergräbt er sich in meinen Brüsten und macht: »Mmm.« Am Schluss bewegt er sich dann abrupt, was mir gefällt. Ich kreische auf.

»Du bist so laut«, frotzelt er, als wir fertig sind.

»Das ist, weil ich Schmerzen habe«, antworte ich, ohne auch nur darüber nachzudenken.

»O mein Gott, hab ich dir wehgetan?«

»Nein, ich habe Schmerzen hier«, sage ich und klopfe mir auf die Brust. »Schon okay«, sage ich. »Ich bin das gewohnt.«

Sofort umschlingt er mich und hält mich fest.

Sein Apartment ist ein Saustall, überall liegen seine Klamotten herum und es sind Farbkleckse auf dem

Boden und die Bücherregale sind verstaubt. Ganz kurz überlege ich, wie es mir mit diesem Elend längerfristig gehen würde. Doch letztlich empfinde ich Erleichterung: Auch ich habe meine Form von Elend. Wir sind beide erwachsen, wenn auch nicht unbedingt Erwachsene, und ich verspüre keinerlei Druck, etwas zu sein, das ich nicht bin.

Am Morgen bleibe ich länger, als ich eigentlich vorhatte, weil ein schönes Gespräch über seine Nichte entsteht, eine aufstrebende Künstlerin. »Sie ist besser, als ich es in ihrem Alter war«, sagt er. Er bringt mich zur Bahn und wir trinken unterwegs noch einen Kaffee und er lädt mich nicht ein, und unvermittelt lade ich stattdessen ihn ein. Warum auch nicht? Es kostet so wenig, dass es so gut wie gar nichts kostet. »Sag nicht, dass ich dir nie was Gutes tue«, erkläre ich. »Hab ich nicht und könnte ich nicht und würde ich nie machen«, sagt er.


»Buchstäblich das Deprimierendste, was ich im ganzen Leben gesehen habe«, sagt meine Kollegin Nina, als sie eine Abbildung des Gemäldes auf der Website der Galerie beäugt.

»Es gibt da viele interessante Strukturen und Schichten«, sage ich zur Rechtfertigung. »Du müsstest es mal aus der Nähe sehen.«

»Vergiss es.« Dann: »Ich sage ja nicht, dass es nicht *gut* ist.«

»Klar«, sage ich.

»Ich sage nur, es ist deprimierend«, sagt sie.

In der Woche darauf lädt mich Matthew zum Abendessen in sein Apartment ein. Ich schreibe ihm eine Nachricht und frage, ob ich was mitbringen kann. Er schreibt zurück: »Nur dich selbst.« Eine Stunde später schreibt er und fragt, ob ich auf dem Weg eine Flasche Wein holen kann. Fünfzehn Minuten später schreibt er: »Und vielleicht Brot?« Also bringe ich eine teure Flasche Cabernet und einen riesigen Laib Sauerteigbrot mit, in dem Wissen, dass wir ihn niemals aufessen können, sodass er am nächsten Tag noch etwas zu Mittag hat. Außerdem eine kleine Flasche Bourbon und ein Stück Ziegenkäse. Und eine Tafel dunkle Schokolade. All das würde ich gerne essen und all das wird er nicht haben, so viel weiß ich.

Wir essen auf, was ich mitgebracht habe, und außerdem Kraftkörner und Gemüse aus seinem Anteil von der Solidarischen Landwirtschaft. Eins der Gemüse ist hart. Wir kauen und kauen. »Was ist das für ein lila Gemüse?«, sage ich. Er seufzt. »Keine Ahnung. Das habe ich einfach mal auf Verdacht zubereitet. Ich wollte den Rest von meinem Anteil verbrauchen. Im Rezept stand Aubergine. Ich hätte einfach eine Aubergine kaufen sollen. Im Moment hab ich aber kein Geld.« »Ich weiß, dass du kein Geld hast«, sage ich leise. Er steht abrupt auf und stakst zum Gefrierschrank und reißt ihn dramatisch auf. Der Schrank ist vollgestopft mit Tupperboxen. Er erzählt mir, dass er jede Woche zubereitet, was übrig ist, und für spätere Mahlzeiten einfriert. »Sparsam«, sage ich. »Ich lebe gerade vom Gemüse aus dem letzten Monat«, sagt er. »Ich kann eine Aubergine mitbringen«, sage ich. »Nächstes Mal geht die Aubergine auf mich.« »Kann man so leben?«, sagt er. »Komm schon, setz dich hin«, sage ich. »Wir hatten so ein schönes Essen.«

Ich ertrage es nicht, wenn ein Essen ruiniert wird. Ich habe mit vielen Männern geschlafen, frag nicht nach ihren Namen, aber essen kann ich nicht einfach irgendwas. *Versau mir bloß nicht mein Essen*, würde ich gern zu ihm sagen.

»Komm her, Baby«, sage ich stattdessen. Ich küsse ihn und er küsst mich und wir lachen und wir sind einander nah und ich glaube so tief an diesen Moment, dass ich seinen ganzen Mist tolerieren kann. Ich erzähle ihm von meiner Familie in meiner Kindheit, wie meine Mutter immer Reis mit Bohnen für uns gekocht hat und das unseren mexikanischen Abend nannte und sagte, wir hätten jetzt eine Fiesta, und uns am Tisch spanische Wörter beibrachte und Flamencoplatten spielte. »Aber ich garantiere dir, Reis mit Bohnen gab es nur, weil wir keinerlei Kohle hatten«, sage ich.

»Es macht dir nichts aus?«, sagt er.

»Es macht mir nichts aus«, sage ich.

»Dann lass uns essen«, sagt er.

Stattdessen haben wir Sex, und diesmal ist es noch inniger und näher, als wäre er in meinen Leib gekrochen und hätte sich dort eingekuschelt, wo ihm nichts passieren kann. Ich halte sein Gesicht in den Händen, und wir schauen einander an, ohne zu sprechen, und das Zimmer umschließt uns enger, ich spüre es, die Welt schrumpft, und es gibt nur ihn und mich, körperlich verbunden und so nahe am Einssein, wie es geht. Krass.

Am Morgen sind wir faul und reden miteinander als Freunde, lassen alte Zeiten aufleben, verlorene Jahre. Matthew fragt mich, was da gelaufen ist, als ich mein Aufbaustudium geschmissen habe. Das ist besser, als mit jemand anderem darüber zu reden, besser als mit meiner Therapeutin, besser als mit all meinen Freunden in New York City, denn er war dabei, auch wenn er nicht wusste, was da gerade lief.

»Ich habe das alles nicht ganz verstanden«, sagt er. »Du warst da und dann warst du weg.«

»Meine Mentorin hat mich abserviert«, sage ich. Sie hat mir das Herz gebrochen. Nicht etwa ein Mann hat mir alles Leben ausgesaugt. Das war eine Frau.

»Ich erinnere mich an sie«, sagt er. »Sie ist immer noch da. Sie ist nie woanders hingegangen.«

»Sie ist immer noch toll«, sage ich, nehme sie in Schutz wie immer, auch wenn ich eine schwärende Wunde trage, die sie mir geschlagen hat. »Ich habe letztes Jahr eine Arbeit von ihr in einer Gruppenausstellung gesehen.«

»Na ja, toll, ich weiß nicht«, sagt er.

»Was weißt du schon?«, blaffe ich.


Ein paar Tage später habe ich schlechte Laune, weil ich meinen Job hasse, meinen belanglosen Drecksjob, und ich treffe Matthew in einer Bar auf halbem Weg zwischen unseren Apartments, und wir trinken ein Glas, na ja, drei, und es gelingt mir den ganzen Abend nur knapp, ihm gegenüber kein Arschloch zu sein.

»Dass sie dich abserviert hat, musste ja nicht bedeuten, dass du ganz aufhörst mit der Kunst«, sagt er. »Ich könnte die Malerei niemals aufgeben. Ich weiß nicht, was ich ohne sie anfangen sollte.«

Reden wir immer noch über das Thema? Wir reden immer noch über das Thema.

»Weil ich nicht den Biss hatte«, sage ich. »Als ich das Gefühl hatte, ich werde nicht unterstützt, habe ich sofort aufgegeben. Ich habe eingesehen, wenn man Malerin ist, wird man sein Leben lang nicht unterstützt.«

»Das ist richtig«, sagt er. Er ist stolz auf sich, weil er mit Zurückweisungen so gut umgehen kann. Er fühlt sich wohl damit, im Reich des Scheiterns und der Kämpfe zu leben.

»Und dieses Gefühl wollte ich nicht«, sage ich. »Ich habe es schwer genug damit, ich zu sein, mich nicht jeden geschlagenen Tag zu zerreißen. Und als gäbe es nicht schon meine Persönlichkeit und meine Lebensentscheidungen, dann auch noch meine Kunst? Ich würde sterben.« Dass ich wahrscheinlich schon tot wäre, sage ich nicht, aber ich weiß, es stimmt – ich weiß, wie nahe ich damals schon dran war.

Wir halten in der Öffentlichkeit Händchen. Das ist jetzt nämlich ein Fakt, wir beide.


Ich rufe meine Mutter in New Hampshire an, in der Kleinstadt, wo sie seit einem Dreivierteljahr bei meinem Bruder und seiner Frau und ihrem kranken Baby lebt, und ich erzähle ihr, dass ich jetzt mit einem Mann zusammen bin. »Wie ist er?«, fragt sie. Ich nenne die Highlights: Er ist Künstler, er ist arm, er ist gütig, er ist sensibel, und wenn er nicht gerade depressiv ist, fühle ich mich bei ihm wohl in meiner Haut. »Weißt du, nach wem das klingt?«, sagt meine Mutter. »Lässt es sich irgendwie vermeiden, dass die Antwort darauf mein Vater ist«, sage ich. »Reden wir über was anderes«, sagt meine Mutter.

»Worüber willst du denn reden?«, sage ich. Meine Mutter holt Luft durch die Nase, ein tiefer, yogischer Atemzug. Ich bin in diesem Gespräch schon einmal falsch abgebogen – es ist an mir, einen richtigen Weg zu finden. »Wie ist New Hampshire?«, sage ich. »Hilft es denn, dass du da bist?« »Sie kämpfen noch immer«, sagt sie. »Dein Bruder ist sehr still. Irgendwie will ich sie verantwortlich machen, aber es muss nicht unbedingt jemand schuld sein. Manchmal läuft etwas einfach schief.« »Was ist mit dem Baby?«, sage ich. »Kannst du da helfen?« »Diesem Baby kann niemand helfen«, sagt meine Mutter. »Ich helfe und helfe und helfe, und es kommt nichts dabei heraus. Irgendwann bald wird sie sterben.«

»Reden wir lieber weiter darüber, dass ich mit Männern schlafe, die an meinen Vater erinnern«, sage ich. »Ich glaube, das wäre echt ein besseres Thema.«

»Ich habe eine bessere Idee«, sagt meine Mutter. »Erzähl mir, was du heute gemacht hast. Erzähl mir von

New York.« Also tue ich das, ich erzähle der lebenslangen New Yorkerin, die sich in den Wald verdrückt hat, von den Straßen der Stadt: dass die U-Bahn heute Morgen so voll war, dass ich vier Bahnen hintereinander wegfahren lassen musste und eine halbe Stunde zu spät zur Arbeit kam; dass ich einen Termin am Times Square hatte und eine Armee bemalter barbusiger Frauen sah, die für Geld mit Touristen posierten; dass ich gesehen habe, wie sich zwei als Disney-Figuren verkleidete Leute eine Schlägerei lieferten; dass ich ein Hotdog vom Stand gegessen habe, nachdem der Kundentermin geplatzt war, und als ich damit fertig war, noch eins, auf einem der im Bryant Park verstreuten Stühle. In der Nähe spielte ein Streichquartett unter einem Sponsorenbanner. »Das mit der Musik hat mich dann gerettet«, sage ich. »Mich hätte das alles gerettet«, sagt meine Mutter.

Ein paar Tage nach dem Gespräch mit meiner Mutter soll ich Matthew treffen, bei einem Abendessen mit meiner Freundin Indigo und ihrem reichen Ehemann. Ich rufe sie an und sage: »Indigo, können wir bitte irgendwo hingehen, wo es nicht so wahnsinnig teuer ist, weil, der Typ hat kein Geld. Lass uns doch irgendwo hingehen, wo es ungezwungen ist, weißt du noch, wie ungezwungen geht?« Und dann erinnert sie mich daran, dass sie genauso ärmlich aufgewachsen ist wie ich, sie ist eingeschnappt, das war nämlich teilweise in Trinidad, und pleite in Trinidad ist viel schlimmer als pleite an der Upper West Side, und sie sagt, sie ruft mich später an und teilt mir mit, wo sie reserviert hat, und dann schickt sie mir eine Stunde später ein Bild von einem McDonald's mit der Nachricht: »Wir sehen uns um 7!« Und ich schreibe ihr zurück: »Du bist so bescheuert«, und sie schreibt zurück: »Ich weiß, tut mir leid, hier läuft es gerade nicht so gut«, und ich schreibe: »Willst du drüber reden?« Und sie schreibt: »Nein.« Und dann, nach ein paar Minuten, schreibt sie: »Doch, aber nicht jetzt.« Ein paar Minuten später schreibt sie: »Tut mir leid.« Dann ruft sie mich an und sie weint und wir reden eine Weile über ihre Ehe, und obwohl ich traurig bin, weil meine Freundin traurig ist, macht es mich glücklicher denn je, dass ich nie verheiratet war und es nie sein werde, denn die Ehe klingt nach einem richtig üblen Job, und so einen habe ich schließlich schon.

Wir streichen das Essen mit Indigo und ihrem Mann. Stattdessen sinke ich auf Matthews Wohnzimmercouch, während er nervös auf einem Drehstuhl kreist. Ich erzähle ihm die ganze Geschichte von Indigos Ehe, und dann sage ich: »Siehst du? Geld macht nicht glücklich.« Und er sagt: »Du hast gut reden.« »Was denn?«, sage ich. Er zückt sein Portemonnaie, mit seltsam zitternden Händen, und er holt eine Karte hervor. Darauf steht: Guthabenkarte. »Lebensmittelmarken, so schlimm ist es«, sagt er.

Daraufhin erzähle ich ihm eine Geschichte aus der Zeit, als meine Familie zum ersten Mal Lebensmittelmarken bekam. In der Schule waren gerade Winterferien, und ich sah die Marken auf dem Küchentisch liegen und ich wusste nicht, was genau das war – ich dachte, vielleicht so eine Art Spielgeld, wie beim Monopoly, etwas zum Spielen für mich. Ich war acht, und meine Mutter kümmerte sich an diesem Tag nicht um mich, wahrscheinlich weil sie zu viele Sorgen hatte, wie sie uns satt bekommen sollte, und in diesem Punkt war mein Vater keine große Hilfe. Ich machte mich also daran, eine kunstvolle Wintercollage herzustellen, Eiszapfen aus zerfetztem Papier, winzige ausgeschnittene Schneeflocken, das ganze Gebilde an den Badezimmerspiegel geklebt. Ich brachte meine Mutter zum Weinen, und dann fing ich an zu weinen, und dann hielten wir einander fest im Bad und weinten, und sie sagte so traurig – ach, ich höre diesen Tonfall noch heute – zu mir: »Ich brauche nur ein bisschen Hilfe.« Die ganze Geschichte erzähle ich Matthew mit einem gewissen Stolz. Irgendwie sind schlimme Kindheitsgeschichten mein Ding.

»Ich weiß, du gibst dir Mühe, damit es mir besser geht«, sagt er, »aber das funktioniert nicht. Unsere Tragödien sind unterschiedlich. Du erzählst mir von etwas, das dir passiert ist, und ich erzähle dir von etwas, das ich getan habe. Ich habe mich selbst hierhin gebracht. In dieses Loch.«

In dieser Nacht haben wir keinen Sex, aber wir schlafen zusammen, nebeneinander, ohne uns zu berühren, bis er einlenkt und mich zuerst berührt, und wir geben uns einen Gutenachtkuss, halten eine Weile Händchen und ziehen uns dann wieder auf unsere getrennten Bett-seiten zurück.

Die Flitterwochen sind vorbei, denke ich. Aber immerhin haben sie länger gedauert als sonst.

Als ich Matthew das nächste Mal sehe, sage ich ihm, dass ich ihn zum Essen ausführen will. Ich habe Hunger. »Ich will nichts hören«, sage ich. »Ich will nur essen.« Wir bestellen etwas Leckeres, Filet Mignon, Röstkartoffeln, Rahmspinat, in einem klassischen Steakhaus in meinem Viertel, mit Kellnern im weißen Button-Down-Hemd mit schwarzer Hose und Fliege, kettenrauchende, ernste Ausländer, die einen tadellosen Service bieten.

»Das ist sehr lecker«, sagte er leise. »Ja, nicht?«, sage ich. Wir salzen unser Essen heftig. Sonst sagt er nicht viel während der ganzen Mahlzeit, außer: »Du musst wissen, so bin ich nun mal.« Und ich sage: »Angekommen.«

Später, im Bett, sage ich zu ihm: »Männer sind Babys, aber manche haben große, schöne Schwänze.« Ich lege meine Hand auf ihn, damit er wird, wie ich ihn mag, hart, ein bisschen feucht an der Spitze. Wir haben Sex, der sich toll anfühlt, aber nicht unbedingt Spaß macht. Ich behandele ihn, als wäre er etwas anderes als sonst. Ich behandele ihn wie alle anderen.

»Kann es sein, dass Sie Angst haben?«, sagt meine Thera-peutin mit erhobenen nachgezogenen Augenbrauen.

»Das kann sein«, sage ich. »Aber vielleicht liegt es eher daran, dass ich in einem Haushalt aufgewachsen bin, wo ich mit angesehen habe, wie meine Mutter zuerst von meinem Junkie-Vater unterdrückt wurde und dann von jeder bekifften Pfeife, die durch die Tür kam, obwohl sie doch angeblich so eine starke unabhängige kluge Frau war, die allein hätte überleben können, aber dennoch meinte, um Hilfe bitten zu müssen. Und vielleicht weil ich keine positiven Beziehungsmodelle in meinem Leben hatte, fühle ich mich nicht bemüßigt, Zugeständnisse zu machen, um diese hier zu erhalten, weil, wozu auch, Männer saugen einen doch ohnehin nur aus?«

»Na da haben wir's doch, Andrea!«, sagt sie. »Gut gemacht.« Und tut so, als hätte ich jetzt einen Riesendurchbruch gehabt, obwohl ich das schon seit Jahren sage; ich habe das schon gesagt, als ich zum ersten Mal in ihrer Praxis auftauchte – nachdem ich aufgehört hatte zu weinen.

Was macht man, wenn man schon weiß, welches Problem man hat? Und wenn es eigentlich gar kein Problem ist? Es ist nur ein Problem, wenn ich eine Beziehung will. Wenn ich eine konventionelle Form von Glück bedienen will. Es ist nur ein Problem, wenn es mir wichtig ist. Und ich weiß nicht, ob es mir wichtig ist.

»Ich weiß nicht, was Sie wollen«, sagt meine Therapeutin.

»Ich auch nicht«, sage ich.

Dann werde ich vierzig. Als erste Amtshandlung anlässlich des Geburtstags feuere ich meine Therapeutin, die mir, wie ich nach fast zehn Jahren festgestellt habe, nichts bringt. Dann lade ich einen Haufen Leute zum Essen ein, ein paar Freunde aus der Kindheit und vom College, die noch in der Stadt leben, Nachbarn aus meinem Haus, Indigo, und sogar meine Mutter bietet an, eigens herzukommen. Kein Stress, nur alle, die ich kenne, zusammen an einem Ort. Ich setze auch Matthew auf die Einladungsliste, natürlich, weil er der Mann in meinem Leben ist, und er sagt, er kommt hinterher auf einen Drink, und ich frage ihn, warum er nicht zum Essen kommt, und er sagt: »Du weißt warum.« Ich sage: »Ist doch kein Problem, ich zahle«, und er sagt: »Du solltest nicht zahlen müssen, du hast Geburtstag«, und ich sage: »Kein Problem«, und er sagt: »Doch«, und ich sage: »Zu meinem Geburtstag wünsche ich mir nur, dass du nicht noch ein Essen ruinierst«, und er sagt: »So ist das also, ja?«, und ich sage Ja. Dann führen wir ein einstündiges Gespräch darüber, wie es um uns steht, was in dieser einen Stunde von ganz nett zu ganz schlimm kippt, obwohl ich es so nicht erlebt hatte, während es jetzt aber wahrscheinlich stimmt.

Mein Geburtstagsessen verläuft erfreulich, wenn auch ein bisschen gezwungen. Wir speisen im von Kerzen erhellten Souterrain eines italienischen Restaurants nicht weit von meiner Wohnung. Ich nehme den Porchetta und eintausend Gläser Wein. Allen gelingt es, einen Abend lang nicht über ihren eigenen Mist zu reden, gar nicht so einfach für manche – Indigo mit ihrer schlechten Ehe, meine Mutter in ständiger Sorge um ihre Familie, ein alter Drogenkumpel, der dauernd aufs Klo verschwindet –, und stattdessen sagen sie richtig nette Sachen über mich, dass ich eine ehrliche und gute Freundin bin, dass ich stark bin und fair, dass ich beneidenswerte Haare habe, dass ich keinen Tag gealtert bin. Zum letzten Punkt sage ich: »Das liegt daran, dass ich die letzten zehn Jahre in einem Büro eingesperrt war, da kam keine Sonne an diese Haut!« Alles lacht. Dann machen sie Witze darüber, dass ich vierzig werde, aber wisst ihr was, heute Abend sind mir die vierzig egal, reißt Witze, wie ihr wollt. Zu meiner großen Überraschung bin ich noch am Leben auf diesem Planeten. Und darauf trinken wir dann – dass wir noch am Leben sind.

Meine Mutter umarmt mich ganz fest am Ende des Abends, umarmt alle ganz fest – sie ist ein bisschen betrunken, und außerdem hat sie mit allen am Tisch Freundschaft geschlossen. Ich hatte gehofft, dass auch mein Bruder auftauchen würde, aber keine Chance. Er ist in der Wildnis von New Hampshire verschollen. Und Matthew erscheint natürlich nicht auf einen Geburtstagsdrink.


»Wie schade«, sagt meine Kollegin Nina. »Es klang, als würdest du ihn wirklich mögen.«

»Wie schade«, sagt meine Mutter. »Ich hatte mich darauf gefreut, ihn kennenzulernen. Du hast mir schon so lange niemand Neuen mehr vorgestellt.«

Eine Woche später klingelt das Telefon und es ist eine Festnetznummer, ich kenne sie nicht und ich bete, dass Matthew mich von irgendeinem mysteriösen Standort aus anruft, um mir zu sagen, dass er mich vermisst und an mich denkt, damit ich nicht ihn anrufen und es selbst sagen muss. Aber es ist seine Galerie, die mir mitteilen will, dass ich das Bild abholen kann, das ich bei seiner Eröffnung gekauft habe. Ich hole es ab, aber ich bin ja nicht blöd, ich hänge es nicht auf. Schließlich kommt man nicht über jemanden hinweg, indem man sich jeden Tag seine Kunst anschaut. Ich verwahre es eingepackt in meinem Schrank, hinter den Winterstiefeln. Irgendwann, wenn ich tot bin wahrscheinlich, wird man dieses versteckte Gemälde finden und sich fragen, wer so depressiv war, dass er so etwas produzieren konnte.

Ein Monat vergeht, und mir wird klar, dass ich nicht mehr so oft an ihn denke, nur ein-, zweimal am Tag, und nach zwei weiteren Wochen wird mir klar, oh, ich habe diese Woche nur selten an ihn gedacht, und es vergehen zwei weitere Wochen, in denen ich kein einziges Mal an ihn denke, und dann noch eine Woche, nach der mir auffällt, dass ich unentwegt an ihn denke, und ehe ich es mir ausreden kann, rufe ich ihn an und bitte ihn, mit mir was trinken zu gehen, nur so als Freunde, geht auf mich, und er sagt Ja.

Inzwischen sehen wir uns ab und zu. Der Sex, den wir hatten, ist unausgesprochen noch da, aber das lassen wir lieber bleiben. Besser dem Verlangen entsagen als darunter zusammenbrechen. Ich sage ihm, dass er mein Freund ist und ich ihn liebe und er ein wahrer Künstler ist und ich ihn dafür bewundere, dass er macht, was er macht, und er soll sich nichts dabei denken und mich einfach die Rechnung bezahlen lassen, damit er was essen kann. Und er sagt: Echt jetzt? Und ich sage: Ja. Nicht der Rede wert. Ich werde mich morgen nicht mal mehr daran erinnern. Du isst wie ein Vögelchen. Du solltest mehr essen. Komm, ich füttere dich. Hier. Ein Löffelchen. Und noch eins. Ja, guter Junge.

## FELICIA

Ein Apartment in Chicago, April 2002. Ich sitze zu Füßen von Felicia, der berühmtesten Dozentin unseres Studiengangs. Ich bin in ihrem Apartment in ihrem Haus am Logan Square, das sie selbst restauriert hat. Als hätte sie sich aus der Bibliothek ein Buch für Heimwerker geholt, es gelesen und dann einfach selbst gespachtelt und Stromkabel und Fliesen verlegt, weil es eben notwendig war. Sie kleidet sich ganz in Schwarz, Jeans, T-Shirts, manchmal was Durchsichtiges mit Spitze, und sie hat einen tollen Körper, sehnig, straff, gebräunte Arme und Knackarsch, und langes Feenstaubhaar, blondgrau, das sie manchmal zu Zöpfen flicht. Außerdem hat sie unglaublichen Schmuck, richtig echten, Diamanten und Gold und Platin, das meiste aus dem Nachlass einer begüterten Tante, die nie eigene Kinder hatte, obwohl Felicia tatsächlich mal für eine Weile bei einem Juwelier in die Lehre gegangen ist und also Einiges selbst gemacht hat. Nächstes Jahr hat sie drei Einzelausstellungen in Galerien, davon eine in Berlin, und man hat sie mit einer Installation in Brasilien beauftragt, wo sie im Grunde mit einem ganzen Dorfplatz machen kann, was sie will. Nichts von dem, was sie besitzt, kommt von einem Mann. Alles, was sie anrührt, verwandelt sich in etwas Größeres. Sie hat sich selbst von null an erschaffen. Ich bin sechsundzwanzig und würde mir die linke Titte abschneiden, um sie zu sein.

Ich bin nicht allein zu ihren Füßen. Ihr Freund ist auch da, zwanzig Jahre jünger als sie. Josiah, als Teenager einer Hippie-Sekte entkommen, eine brutale Pracht, groß und muskulös, schweißt Skulpturen, unglaubliche Arme. All seine Kleider scheinen um seinen Körper zu schweben, fast ohne Halt. Verstrubbelte Haare, großer Mund, Kampfstiefel. Mich quälen jetzt noch Gelüste, wenn ich nur an ihn denke.

Felicia schimpft. Die Deutschen sind anstrengend. Sie sind die Pest, sowohl in ihren Anforderungen als auch im Ton. Nicht, dass es sie einschüchtert, es *nervt* einfach nur. Und sie hasst ihre Studierenden – ebenfalls anstrengend, wenn auch nicht so wie die Deutschen, immer wollen sie ihre Anerkennung, brauchen ihre Liebe, wo sie sich doch auf ihre Kunst konzentrieren sollten. Und dann sind da noch ein Rohrbruch und ein gecancelter Flug. Fünfzig Sachen auf einmal. Ich mache mir schwerste Sorgen, ob ich auch zu den bedürftigen Studierenden gehöre. Ich will sie fragen, ob sie so über mich denkt. Ich lechze danach, wie ich nach einem Drink lechze. Aber ich sage stattdessen: »Felicia, lass mich dir helfen«, das ist nämlich mein Job.

Ich bin ihre Assistentin für mehrere Projekte, aus der Menge herausgepickt, weil ich klug bin und tüchtig, und auch noch gut drauf, jung und aufreizend und versoffen. Ich bin immer da, wo sie mich haben will, und sage ihr unaufgefordert, dass sie perfekt ist. Kennengelernt habe ich sie im September auf einer Party, zu Beginn des Studienjahrs. Von meinem Platz auf der eingesunkenen Couch aus beobachtete ich sie an diesem Abend, mit einer anderen jungen Frau, einer Blonden mit großen Augen, hochgewachsen, Studentin aus Dänemark, in einer Ecke, wo Felicia sie an den Schultern hielt. Die Studentin war betrunken und ging mit dem, was da passierte, nicht gut um. Sie sackte ein bisschen zusammen, sie hatte Schlagseite. Ich stand von der Couch auf, um zu helfen. Gemeinsam verfrachteten wir die Blondine in ein Taxi. »Du«, sagte Felicia, selbst ein bisschen betrunken. »Dich mag ich.« Mich. Später höre ich, dass die dänische Studentin Josiahs Exfreundin war. Einen Monat später kehrte sie an ihren Herkunftsort zurück.

Ich fange an, den Unterricht zu schwänzen, wann immer Felicia mich ruft. Ich denke nicht mal daran, Nein zu sagen. Atelierzeit, lesen, was ich lesen muss, über meine Kritiken nachdenken – all das interessiert mich nicht. Während der letzten zehn Jahre meines Lebens hatte ich einfach drauflos gemalt. Vier Jahre an der La Guardia High School, bis ich mit einem kleinen Stipendium ans Hunter College kam. Kellnern, Dämpfe einatmen. Sonst wusste ich mit meiner Zeit nichts anzufangen, abgesehen von trinken und essen und vögeln. Das war mein Umgang. Und jetzt kam diese Frau und schlug mir vor, stattdessen Zeit mit ihr zu verbringen. Sie würde mein Umgang sein.

Am anderen Ende der Stadt hasse ich meine Mitbewohnerin, diese zweiundzwanzigjährige höhere Tochter aus Winnetka, die sich sehr verrucht vorkommt, weil sie mit einer Künstlerin zusammenwohnt. Es ist ihr Apartment, will heißen, es gehört ihr, weil ihre Eltern es für sie gekauft haben, und das überflüssige Zimmer vermietet sie. Im Grunde genommen hat sie keinen Job. Sie geht wöchentlich zur Maniküre. Sie spricht hier und da mit britischem Akzent, weil sie ein Auslandsjahr in England verbracht hat. Außerdem hat sie einen Liebhaber, verheirateter Anwalt, ein Freund ihres Vaters, der sie vögelt und wieder geht, manchmal bevor die Essenszeit vorbei ist. Ich esse dann also zu Abend und sie haben nebenan Sex. Er hat Kinder. »Es ist ein Geheimnis«, sagt sie ganz euphorisch zu mir. »Du darfst es keinem erzählen.« Mach dir mal keine Sorgen, sage ich zu ihr. Weil, deine Geheimnisse interessieren mich nicht. Man muss mich nicht besonders dazu drängen, dass ich meine gesamte Zeit mit Felicia verbringen will.

Im November, eines Abends, nach der zweiten Flasche Wein mit Felicia:

*Ich erzähle dir ein Geheimnis.*

Erzähl.

*Ich halte niemanden von euch für begabt. Ich will nur meinen Lebensunterhalt verdienen.*

Das ist nicht dein Ernst, sage ich. Das ist ein Scherz, stimmt's. Bitte sag mir, dass das ein Scherz ist, Felicia.

Ich packe sie am Arm.

*War nur ein Scherz*, sagt sie. *Ich wollte dich nur ver-arschen.*

Allmählich interessiere ich mich mehr für ihre Arbeit als für meine. Ihre Projekte kommen mir innovativ und bedeutend vor. Meine Bilder simpel und belanglos. In Wahrheit sind sie das auch. Ich habe einen guten Sinn für Humor und meine Arbeit hat Raffinesse und ich ver-stehe was von Farben und ich weiß, wie man interessante Sujets auswählt, Menschen aus dem wahren Leben, Orte, Dinge, und vor dem Aufbaustudium hatte ich auch die nötige Disziplin, aber ich frage mich täglich, ob mein Biss ausreicht. Künstlerin sein bedeutet, ein Leben lang Nein zu hören, und ein Ja zwischendurch dient nur dazu, dass man wieder Hoffnung schöpft und weitermacht. Langsam wird mir klar, dass ich nicht mein Leben lang zurückgewiesen werden will. Nur, Felicia hat die Zu-rückweisung nie akzeptiert. Felicia lässt nie etwas unver-sucht. Felicia spuckt auf euer Nein. Wenn ich lange genug bei Felicia bleibe, lerne ich dann, wie sie zu sein? Ich schwenke meinen Whisky, ich trinke mein Bier, ich schreibe in mein Notizbuch, ich denke an Felicia.

Noch ein Abend im November:

Aber meinst du denn, ich habe das Zeug dazu?

*Du bist im Werden, du bist ein Baby, du bist ein Welpe. Keine Sorge, mach einfach deine Arbeit. Du bist auf dem Weg.*

Wir arbeiten hart, den ganzen Tag. Josiah ist Felicia ergeben, besessen von ihren Projekten, aber auch von seiner eigenen Kunst. In meiner Erinnerung erscheint er als jemand, der ständig schwere Sachen schleppt. Währenddessen telefoniert Felicia zu jeder Tages- und Nachtzeit. Die Zeitzonen haben ihr Leben zerstört. Niemand schläft. Die Atmosphäre ist angespannt und dicht und erregend. Ich habe mir eingeredet, dass ich viel mehr lerne, wenn ich Zeit mit Felicia verbringe, statt in Vorlesungen zu gehen, was wahrscheinlich nicht ganz falsch ist. Aber ich male noch. Ich fange morgens früh an und ich starre auf die leere Leinwand, bis sie voll ist. Starren und malen. Der Versuch, etwas herauszu-finden. Ob ich wohl das Zeug dazu hatte? Ob ich dort-hin gehörte? Wieso mochte sie mich überhaupt? Als ich die Stadt verließ, habe ich diese Bilder zurückgelassen, also werde ich nie erfahren, ob sie gut waren. Aber ich glaube, sie waren okay. Sie waren nicht schlecht, diese Bilder. Na ja, egal – jetzt sind sie verloren.

Im Dezember geht meiner Mutter das Geld aus. Für ein Wochenende wird ihr der Strom abgestellt und sie kann ihre Miete nicht zahlen. Bislang hat sich ihr neuer Freund um sämtliche Rechnungen gekümmert, weil sie mal wieder schlecht bezahlt für eine gemeinnützige Organisation arbeitet. Er schlägt sie, nur ein Mal, doch meine Mutter ist nicht blöd, sie weiß, einmal reicht, aus einmal folgt immer zweimal, also fliegt er sofort aus ihrem Apartment und findet seine Sachen auf der Straße wieder, als er nach einer Nacht im Gefängnis zurückkommt. Ich schicke ihr einen Scheck, damit sie für ein paar Monate ihre Miete bezahlen kann. Mein Bruder und seine Freundin bieten an, die Kosten ihrer teuren Therapie zu übernehmen. Ich denke gar nicht darüber nach, wie ich meine eigene Miete bezahlen soll, und merke zu Weihnachten, dass ich meinerseits pleite bin. Das erzähle ich Felicia. Ich erzähle ihr nicht, warum. Ich will nicht, dass sie von der Schwäche meiner eigenen Mutter weiß. Ich lasse sie lieber denken, dass ich so blöd bin.

Mit großer Begeisterung kommen wir überein, dass ich in das Apartment am Logan Square einziehen soll, zumindest für das Frühlingssemester. Was für eine schreckliche Idee. Ich meine, wer kam überhaupt auf diese Idee? Ich will mich wirklich erinnern, aber ich kann nicht. Es war bescheuert, aber ich wollte dort sein, bei den beiden, und nur aus dem Grund, dass ich die Nähe zwischen uns allen so sehr genoss. »Es wird schön sein, dich da zu haben«, sagt Felicia. »Ich habe gern ein volles Haus.« Wie reizend, dieser letzte Satz. Er klingt beinahe, als würde sie eine Schwäche zugeben, eine Einsamkeit, wie wir sie alle empfinden. Es gefällt mir, das zu sehen, aber ich bin hin- und hergerissen, denn mir hatte auch der Gedanke gefallen, dass sie mich ihrerseits gar nicht brauchte, dass sie überhaupt niemanden brauchte, weil ich das an ihr vielleicht am eindrucksvollsten fand.

Ich höre ganz auf, den Unterricht zu besuchen, mein schmutziges kleines Geheimnis, aber sicherlich weiß sie das, denn ich bin so gut wie immer im Apartment, versteckte mich vor dem Winter in Chicago und flitze nur kurz raus, um die Alkoholvorräte aufzustocken, in drei Pullovern und zwei Schals und langen Unterhosen. Das Trinken hält mich warm, hält uns alle warm.

Nachts kann ich die beiden hören. Ich sehe ihn morgens, ohne Hemd. Es ist schwer, einen hemdlosen Josiah nicht anzusehen. Ich bewundere seine Schönheit, begehre ihn damals aber noch nicht; ich begehre ihn erst im Rückblick als vierzigjährige Frau. Trotzdem bin ich sicher, dass sie mich beim Hinschauen erwischt. Aber wie sollte ich ihr jemals erklären, dass sie es war, die ich liebte?

Felicia, am Morgen, bei einem Telefoninterview:
*Ich deale mit dem Realen. Wie kann man ignorieren, was man direkt vor der Nase hat?*
Felicia, über meine Schulter, als sie meine Arbeit über ihre Arbeit betrachtet:
*Fast, aber nicht ganz.*

Ende Februar, an einem Freitagabend, fängt sie grundlos einen Streit mit Josiah an und er wehrt sich nicht und das erinnert mich an meine Kindheit, nicht an Einzelheiten dieser Dynamik, nur vage an Mom und Dad, wie sie streiten.
Ich verlasse das Apartment. Ich gehe auf eine Studentenparty, und dort lerne ich einen Mann namens Christopher kennen, einen Bildhauer mit wässrigem Blick

und unglaublich buschigen Augenbrauen, und ich gehe mit ihm nach Hause und am nächsten Morgen frühstücken wir zusammen in einem Diner, Spiegeleier und Toast mit Butter und Gelee und Orangensaft aus Konzentrat und allen Kaffee der Welt, und auf der Straße umarme ich ihn zum Abschied und er fragt nach meiner Nummer und ich sage zu ihm: »Ich habe keine«, was sogar stimmt. Und am nächsten Abend gehe ich in den Wicker Park, trinken, und ich lerne noch ein Mann kennen, einen Erwachsenen, sozusagen, mit richtigem Job, und als wir sturzbetrunken sind, gehe ich mit ihm nach Hause und er will mich dazu bringen, dass ich ihm einen blase, nicht wahnsinnig beharrlich, aber es nervt mich schon, so in die Richtung, jetzt lass doch, Mann, ich hab's kapiert, das hast du am allerliebsten auf der ganzen Welt, aber *ich* hab es nicht am allerliebsten auf der ganzen Welt, also tue ich so, als würde ich umkippen, was dann auch tatsächlich passiert. Sein Apartment ist riesig, hohe Fenster zur Straße, und am Morgen weckt mich das Sonnenlicht, doch sie ist trügerisch, diese Sonne, denn ich weiß, draußen ist ein bitterkalter Wintermorgen in Chicago. Ich schleiche nackt durch das Apartment, der Boden ist eiskalt, und ich bibbere beim Anziehen. Als ich nach draußen komme, ist der Schnee schmutzig, und ich schütze meine Augen mit der Hand. Ich habe keine Ahnung, wo ich bin.

Irgendwann finde ich die Brown Line, aber ich steige in die falsche Richtung ein, was ich erst nach mehreren Haltestellen begreife, und an diesem Punkt ist es schon einfacher, auf eine andere Linie umzusteigen, um nach Hause zu gelangen, doch dann endet der Zug zwei Haltestellen vor meiner, Gleisbauarbeiten. Ich denke: Warum werde ich so bestraft? Irgendwann komme ich in Felicias Wohnung an, und wir arbeiten schweigend gemeinsam, ohne den Streit zu erwähnen, den ich vor ein paar Tagen mitbekommen habe, und mein anschließendes Verschwinden. Am Nachmittag muss ich kurz kotzen, und am Abend gehe ich wieder auf eine Studentenparty, und dort treffe ich zufällig meinen Freund Matthew, eine Vogelscheuche mit traurigem Gesicht, zittrig, begabt, unglaublich lieb, und auf einmal kommt er mir vor wie der einzige Mensch auf dem Planeten, mit dem ich reden kann, also gehe ich mit ihm nach Hause und das ist ein gutes Gefühl, ich hänge einfach ein bisschen ab, und er will nicht viel von mir, er lässt mich einfach in Ruhe, also sitze ich einfach rum.

Mitte März hat meine Mutter Geburtstag und ich rufe sie zum ersten Mal in zwei Monaten an und sie sagt: »Zum Geburtstag wünsche ich mir nur, dass du nach Hause kommst.« Was seltsam ist, meine Mutter ist nämlich kein übermäßig bedürftiger Mensch, wenn es um mich geht. Ich war nicht mal sicher, ob ihr überhaupt auffiel, dass ich nach Chicago gezogen war. Und ich sage: »Mom, hast du deine Medikamente genommen?«, und sie sagt: »Wovon redest du, ich nehme nichts ein«, und ich sage: »Ach, du klangst kurz so, als würdest du was brauchen«, und sie sagt: »Wieso kannst du mir nicht einfach zum Geburtstag gratulieren wie ein normaler Mensch?« Dann legt sie auf. Ich konnte noch nicht einmal an ihrem Geburtstag nett sein zu meiner Mutter. Mittlerweile tut es mir leid, dass ich damals so egoistisch war, aber ich schwöre, für mich ging es gerade ums Überleben.

Inzwischen ist Ende April, und Felicia regt sich über jede Kleinigkeit in ihrem Leben auf. Ich sitze im Schneidersitz auf dem Boden und stelle Gelassenheit dar, während Felicia vor mir steht und zetert. Die Ausstellung, die Deutschen, die Rohre, der Flieger, die Studierenden. Sie ignoriert mein Hilfsangebot. Josiah und ich tauschen die Andeutung eines Blicks, demonstrativ belanglos, aber wohin sollte ich sonst schauen? Er war der einzige andere Mensch im Raum, der nicht schrie. Ich denke: Hilf mir, sag mir, wie ich zu jemandem werde, den sie lieben wird. Was er dachte, werde ich nie erfahren, denn Josiah war mir unbegreiflich. Als ich zu Felicia aufblicke, schaut sie zwischen uns beiden hin und her. Ich sehe, wie sich in ihrem Gesicht langsam eine Vermutung zeigt. Josiah, der am anderen Ende des Zimmers ebenfalls auf dem Boden sitzt, schlägt vor, dass sie zusammen spazieren gehen, sie und er. »Geht ihr spazieren«, sagt sie. »Ihr zwei. Ich kann euch alle beide nicht mehr sehen.« Sie zeigt auf die Tür. »Raus.« Ich beuge mich vor wie ein Tier und richte mich ungeschickt auf. Josiah hockt sich hin und erhebt sich dann, blitzschnell. Zusammen gehen wir.

»Wir sollten wahrscheinlich was trinken«, sage ich.

Wir gehen ein paar Blocks und in eine Bar: fluoreszierende Old-Style-Werbung im Fenster, Jukebox halb Indie-Rock, halb Blues, Pool-Tisch, Dartscheibe, Polen. Wir bestellen Whisky und Bier. Ich esse sämtliche Brezeln aus der Schale und bitte um eine neue. Ich will, dass er mir die Wahrheit sagt, doch über was, weiß ich nicht.

Er erzählt mir von seiner Kindheit, vom Aufwachsen in der Sekte. Intensive tage-, wochen- und monatelange Sitzungen mit Bibelstudien. Geldmangel, dauernd. Hungern, dauernd. Ein schönes Kind, Haare bis zur Taille. Der Vater, der ihn befreite, als er fünfzehn war. Familienmitglieder über ganz Südamerika verstreut. Eine strenggläubige Mutter, die er abwechselnd verabscheut und liebt.

»Ich rede einmal im Jahr mit ihr, wenn sie Geburtstag hat«, sagt er. »Und nach allem, was war, fragt sie immer, wann ich nach Hause komme.«

»Die Leier kenne ich«, sage ich.

»Du glaubst, Felicia ist hart drauf, aber ich hab Schlimmere gesehen«, sagt er.

»Ich hab nicht gesagt, dass Felicia hart drauf ist«, sage ich.

»Aber ich«, sagt er, und wir lachen beide, und es ist schön, dass wir lachen, auch wenn ich nicht glaube, dass es um dasselbe geht.

Wir gehen nach Hause, benebelt, geräuschvoll, aufgedreht und trotzdem ruhiger als zuvor. Das Haus ist leer, wer weiß, wo Felicia hin ist? Das ist eine Falle, denke ich. Du umarmst ihn nicht mal zum Gutenachtsagen. Ich gehe in mein Zimmer, allein, stolz. Schau dich nur an, du tust das Richtige, denke ich. Schau dich nur an, du schläfst ausnahmsweise mal nicht mit dem falschen Mann.

Doch das hätte ich ohne Weiteres tun können, ihn bezwingen, ihn besteigen, zwischen seine Laken gleiten. Ein Blick ist nämlich so bedeutsam wie ein Fick. Um drei Uhr früh erscheint Felicia, betrunken, klopft an die Tür des Gästezimmers, leise, lachend, fluchend, dann laut, grob, höhnisch, sagt Dinge, die ich nicht verstehe, und schließlich reißt sie die Tür auf und ich höre nur ein gezischtes, schwebendes Wort: *Schluss.*

Am nächsten Tag gehe ich. Ich nehme den Zug zurück nach New York. Mein Bruder gibt eine Einweihungsparty: Er und seine kluge, hübsche feste Freundin, die Zeitschriftenredakteurin, sind zusammengezogen. Alle seine Bandmitglieder sind da, und ich reiße sehr öffentlich und betrunken einen von ihnen auf und verlasse die Party mit ihm, weil ich offensichtlich *alles* kaputt machen will. Ich ziehe ein paar Tage mit ihm in der Stadt herum, bis wir einander leid sind. Von seinem Schlafzimmer aus rufe ich verzweifelt meine Mutter an.

»Wie ich höre, bist du ganz schön fertig«, sagt meine Mutter zu mir.

»Wie ich höre, bist *du* ganz schön fertig«, blaffe ich.

Sie seufzt. »Du kannst trotzdem nach Hause kommen«, sagt sie. »Du kannst immer nach Hause kommen.«

Aber ich will nicht in New York wohnen, noch nicht.

Stattdessen gehe ich nach Chicago zurück. Es ist Mai, und mein Master-Studiengang möchte wissen, was ich so vorhabe. Eines Tages tauche ich in Matthews Apartment auf und bleibe. Ich erwähne nichts von meinem Leben, meiner Wahrheit, meiner Wirklichkeit. Ich darf mich an ihn schmiegen, und er hält mich fest, während ich atme. Tagelang geht keiner von uns beiden raus. Aber er kann nicht aufhören zu arbeiten, also malt er zu Hause weiter. In seinem Apartment stinkt es nach Terpentin, und eines Morgens sehe ich ihm bei der Arbeit zu, und sein Gesichtsausdruck ist so eigentümlich und friedlich, und ich empfinde ungeheuren Neid, weil es mir mit meiner eigenen Arbeit nicht so geht, und in genau diesem Moment wird mir klar, dass ich nicht weiß, was ich gerade mit meinem Leben anfange, aber ich weiß, ich will nicht länger malen. Am nächsten Morgen schleiche ich mich aus Matthews Wohnung und steige wieder in einen Zug und ich fahre mit ihm bis nach Hause, nach New York City. Ich höre ganz auf zu malen. Ich finde einen Job in der Werbung. Ich werde älter. Ich werde erwachsen, wahrscheinlich. Ich blicke niemals zurück, außer in diesen Momenten, wo ich verdammt noch mal an nichts anderes denken kann.

Ich kann dir was Bemerkenswertes erzählen über diese Zeit, obwohl es mir gerade erst klar geworden ist. Ich habe nie an den Tod gedacht, so wie jetzt. Ich habe mir nie Gedanken ums Sterben gemacht. Ich habe immer nur daran gedacht, am Leben zu sein.

# BETSY

Betsy, die Freundin meiner Mutter, eine alte Radikale, stirbt nach kurzer Krankheit. Lungenentzündung, Sepsis, aus. »Ich hoffe, bei mir geht es auch so schnell«, sagt meine Mutter. »Lass uns nicht über deinen Tod reden«, sage ich, auch wenn ich denke wie sie, sowohl in ihrem als auch in meinem Interesse. Es findet eine kleine, irgendwie illegale Beerdigung statt, die mit Betsys Asche zu tun hat und damit, sich bei Vollmond um Mitternacht auf ein Dock an der Sheepshead Bay zu schleichen. Meine Mutter zieht es vor, nicht daran teilzunehmen. »Ich bin zu alt, um über Zäune zu springen«, sagt sie. Niemand wird verhaftet, wie sie später berichtet. Nach ein paar Wochen gibt es eine öffentliche Trauerfeier in der Stadt, bei der meine Mutter sprechen soll. Sie lädt mich dazu ein. In meinem bisherigen Leben habe ich nur eine einzige Trauerfeier besucht, die für meinen Vater, vor fünfundzwanzig Jahren. »Wenn man älter wird, geht man ständig zu solchen Sachen«, sagt meine Mutter. »Darauf kann man sich wirklich freuen«, sage ich. »Tja, immerhin ist man nicht diejenige, die tot ist«, sagt meine Mutter.

Ich schwänze die Arbeit, wie so oft in letzter Zeit. Ein Trauerfall, sage ich zu meinem Chef, der gegen den Tod beim besten Willen nichts einwenden kann. Er hat mich beinahe aufgegeben, beinahe, beinahe, und doch hat er ein Problem mit der Vorstellung, jemand Neuen für einen Job einzustellen, den ich zehn Jahre lang hervorragend gemacht habe. Wie soll er alles aus meinem Hirn entfernen und in ein anderes einsetzen? Und meine Fehlzeiten scheinen sich auf die Arbeit nicht auszuwirken, teils, weil ich sie mittlerweile mit verbundenen Augen erledigen kann. Welchen Reiz es für mich auch gehabt haben mag, meinen Job zu perfektionieren – jetzt ist er verblasst, weil Perfektion an sich langweilig ist; interessant ist nur alles, was zu ihr hinführt.

»Bist du fertig mit …«, sagt mein Chef.

Ja, alles erledigt. Alles ist immer erledigt.

Er klopft mit einem Stift auf seinen Schreibtisch, bis ihm einfällt, wie man sich in diesem Szenario verhält. »Mein Beileid«, sagt er.

»Es betrifft eher meine Mutter«, sage ich. »Ihre beste Freundin. Ihr Name war Betsy. Sie war sozusagen ihre Heldin.« »Heldin« stimmt nicht ganz, aber mir fällt nichts ein, um die Feinheiten ihrer Beziehung zu erklären. Die beiden waren beste Freundinnen, aber Betsy war älter. Irgendwie war Betsy die Macherin.

»Dann mein Beileid für deine Mutter«, sagt er.

»Weißt du, wer einem wirklich leidtun muss?«, sage ich. »Betsy.«

Gelächter steigt uns in die Kehle, und dann ziehen wir beide schräge, komische Gesichter, gespielt angewidert, erschrocken über unser beider Taktlosigkeit, aber das Ganze sorgt auch für mehr Nähe. Obwohl wir einander schon sechs Jahre kennen, was eine lange Zeit ist, weiß ich nicht viel mehr über ihn als damals, als er hier anfing, eingestellt als Kollege, inzwischen mein Chef. Eine Frau auf einem gerahmten Bild, ein Boot, ein Haus, ein Tennisschläger im Sommer, Ski im Winter, Scotch auf der Firmenparty für die Angestellten. Wir sind im gleichen Alter, und er besitzt viel mehr, als ich jemals besitzen werde. Aber immerhin muss ich nicht Chef sein von jemandem wie mir.

»Na los, verschwinde«, sagt er.

Betsys Trauerfeier findet in der St. Mark's Church statt. Dort war ich nicht mehr seit der Highschool, als ich am Neujahrstag noch zu den Marathon-Dichter-lesungen ging, zuerst mit meiner Familie, als mein Vater noch lebte, und später mit einem Jungen, den ich während eines Schulausflugs auf dem Empire State Building kennengelernt hatte. Er besuchte eine Magnetschule weit weg in Brooklyn. Wir hielten Händchen in der Kirchenbank, während Patti Smith durchdringend sang und spielte und ihr langes Haar unter dem Gitarrengurt klemmte. Dann holten wir uns heiße Schokolade und spazierten in der Kälte im Tompkins Square Park herum, kauerten uns auf eine Bank in der Mitte des Parks und küssten uns einige Male. Nach diesem Tag verschwanden wir aus dem jeweils anderen Leben, wofür weder er noch ich etwas konnte – wir wohnten einfach so weit voneinander entfernt. Sein Name war Carlos. Wo ist er jetzt? Ich sollte ihn auf Facebook suchen. Was soll's, wahrscheinlich ist er sowieso verheiratet.

Es ist heiß in der Kirche. Gewaltige Industrieventilatoren blasen im Foyer und hinten im eigentlichen Chorraum, auf einer Reihe erhöhter Stühle. Überall hinfällige Jesusfiguren auf Buntglas. Ich entdecke meine Mutter, die von Männern umringt ist. Seit dem Tod meines Vaters war sie immer von Männern umringt. Früher veranstaltete sie diese Dinnerpartys mit massig Alkohol und Drogen. Männer umschwärmten sie, ich werde nie ganz verstehen, warum. Eine mittellose Witwe mit zwei Kindern, über vierzig, was für ein Fang. Aber so war es und so ist es jetzt, auch wenn inzwischen alle wesentlich älter sind.

Diese Männer hatten auch mich umschwärmt, und das verstand ich natürlich. Ich war ein depressiver Teenager, leichte Beute mit nagelneuen Möpsen. Ich hatte dafür gesorgt, dass die Männer in meinem Kopf verschwammen, und wenn ich mich heute umsehe, kann ich nicht sagen, wer genau was getan hat. Es war nichts Besonderes, nur dass ich samstagabends nach Hause kam, noch ein Mädchen, ein Teenager, in ein verqualmtes Apartment voller Menschen und Jazz. Meine Mutter, die irgendwo mittendrin lacht, unbestimmt winkt, Hallo. Ich erinnere mich, auf einen Schoß gezogen und gekitzelt worden zu sein, an den Druck, den der Schwanz eines erwachsenen Mannes von hinten ausübte, nicht auf meine Haut, durch meine Kleidung, und dass ich mich freiwinden musste. Ich mochte das nie, ich wollte das nie. Das sollen sie heute noch mal versuchen, sage ich zu mir selbst, während Aggression in mir aufsteigt und die plötzliche

Bereitschaft zu körperlicher Gewalt. Gebrechliche alte Männer. Ich würde sie plattmachen.

»Andrea, hier drüben«, sagte meine Mutter, und die Männer zerstreuen sich. Eine Umarmung, und ich will sie gar nicht mehr loslassen, obwohl sich meine Wutwallung auch auf sie erstreckt. Aber früher habe ich sie jeden Samstag gesehen, und jetzt, seit sie nach New Hampshire gezogen ist, erst ein Mal. Sie hat mir gefehlt. Wie üblich habe ich hundert Gefühle zugleich.

Ich frage nach David und Greta. »Was willst du wissen?«, fragt sie. »Ich weiß nicht«, sage ich. Ich habe ein ziemlich gutes Gespür dafür, was mit ihnen los ist, bin vor Überraschungen aber nicht sicher. »Sind sie auch manchmal froh?« »Nein«, sagt meine Mutter. »Ich weiß nicht, ob sie das überstehen.« »Wie schrecklich«, sage ich. »Das ist natürlich eine schwierige Situation. Und ich weiß, davon weißt du noch nichts, aber die Ehe an sich ist allein schon schwer«, sagt sie und untersucht besorgt eine Locke aus meinem Haar. Was soll man sagen zu dieser Frau? Da spricht sie ganz beiläufig von einer derartigen Scheiße, gnadenlos, und tut dann so, als wäre mein Haar das Problem.

»Mom, dass ich kein Interesse am Heiraten habe, heißt nicht, dass ich nicht verstehe, wie so was läuft.«

»Du bist noch jung, du solltest Interesse daran haben«, sagt sie. Wieder befasst sie sich eingehend mit meinen Haarspitzen. »Aber nicht so jung, dass du keine Vitamine nehmen müsstest«, sagt sie, und dann beginnt die Trauerfeier.

Zuerst spricht eine Nichte einleitende Worte. Dass sie Betsy geliebt hat. Betsy und sie in den Museen. Wie Betsy sie zu ihrer ersten Demo mitnimmt. Wie Betsy ihr jedes Jahr Pullover strickt, damit sie es warm hat. Betsy, die Nährende, die immer ganz in der Nähe war, außer wenn nicht, wenn sie durch die Welt reiste, was ihr natürlich zustand. Denn Betsy war keine Mutter. »Letztes Jahr ist sie noch nach China gefahren«, erzählt mir meine Mutter. »Mit einer sozialistischen Reisegruppe. Sie fand es super.«

Dann: Ein drahtiger Mann von der Spannkraft eines Eichhörnchens, Hände verknotet, Pferdeschwanz, mit Jeansjacke und ordentlich geknöpftem, in die Khakihose gestopftem Hemd. Mit der Faust umklammert er einen Packen Papier.

»Junge Junge«, sagt meine Mutter. »Wer ist das?«, sage ich. »Corbin. Betsys erster Ehemann«, sagt sie.

In der folgenden Rede geht es um die CIA, Verschwörungen, Korruption, Anschläge, verschiedene Präsidenten, den augenblicklichen Zustand des Aktivismus, Spionagetechnologie, Facebook sowie um die couragierte Entschiedenheit, mit der Betsy dem Sprecher bei der Enthüllung der Wahrheit geholfen hat, die noch immer enthüllt wird und immer enthüllt werden wird, und jetzt schaut euch um, haltet die Augen offen, erwacht und bleibt wachsam. Corbin schließt mit: »Und sie werden nie eine weitere Betsy zustande bringen.«

»Packend«, sage ich zu meiner Mutter. »Er war schon immer ein Irrer«, sagt sie. »Ich meine, er hat recht, was da alles mit der CIA passiert, aber wahnsinnig war er trotzdem.«

Am anderen Ende des Saals, aus der ersten Bank, starrt mich ein Mann im knittrigen, übergroßen Leinenanzug an, ein älterer Mann mit strammem Kinnbart und einem Pferdeschwanz von der Farbe faulender Zitronen. Er gehört zu den Freunden meiner Mutter von früher, als sie noch ihre Partys gab. *Das ist ein übler Typ*, denke ich. Nur daran kann ich mich erinnern. Übel.

Betsys zweiter Exmann, Morty, kommt auf die Bühne. Er weint unverhohlen während seiner gesamten Rede. »Zu früh, zu früh«, hebt er an, und die Menge raunt. Sie war für ihn da wie niemand sonst. Die Tragödie seines Lebens war es, sie als Ehefrau zu verlieren – der Segen seines Lebens war es, dass sie seine Freundin blieb. *Guter Anfang*, denke ich. Danach beschreibt Morty detailliert drei verschiedene Kämpfe gegen den Krebs, zweimal fast tödlich, jedes Mal vollständige Genesung, den Verlust seines Vaters, den Verlust seiner Mutter, finanzielle Kümmernisse, die sich glücklicherweise zu Triumphen wandelten, und doch, es gab Mühen, und die ganze Zeit war Betsy da und unterstützte ihn. »Dank sei Gott für Betsy«, sagt er, und dann ist er fertig.

»Dass er die Hälfte seiner Krebs-Krankenschwestern gevögelt hat, verschweigt er tunlichst«, sagt meine Mutter. »Warum durfte er dann überhaupt sprechen?«, frage ich sie. »Was glaubst du, wer für ihren Lebensunterhalt aufgekommen ist, all die Jahre, während ihrer Märsche und Ehrenämter?«, sagt meine Mutter. »Er hat dicke Schecks für jeden Anlass ausgeschrieben, wann immer sie wollte.« Ich blicke zu Morty auf, der ein bisschen wankt, als er das Podium verlässt. Mehrere Männer in der ersten Reihe stehen auf und halten ihn in der Senkrechten. »Morty ist ein schrecklicher Mensch«, sagt meine Mutter. »Aber Morty hat *gezahlt*.«

Der Mann in der vorderen Bank starrt mich immer noch an. Gott, der muss doch mittlerweile siebzig sein, oder schon achtzig? Wie hieß er noch. Philip, Frederick, Foster, Felix. Felix, genau. Ich mach dich fertig, Felix.

Nun erklimmt das Podium Betsys Ex Nummer drei, eine Frau namens Deborah, grauhaarig, bebrillt, in einem hexenartigen schwarzen Kleid mit verstreuten schwarzen Pailletten, ein herrlicher Busen, man möchte sofort hineinkriechen. »Sie ist sehr aktiv in ihrem Tempel und ganz erbost, dass das jetzt nicht dort stattfindet«, flüstert meine Mutter. »Aber Betsy hat diese Kirche geliebt. Und so lange waren sie auch noch gar nicht zusammen. Die hat hier nichts zu melden.« Deborah spricht das Kaddisch. Dezente Tränen kullern über ihre Wangen. Deborah hat den Saal im Griff. Ich weine auch.

Betsy war verlässlich. Sie kam immer und half beim Aufräumen am Tag nach den Partys, auch wenn sie nie wirklich daran teilnahm. »Pff, ich bleibe lieber daheim«, pflegte Betsy zu sagen. »In der ersten Stunde ist eine Party ja ganz interessant. Alles danach wiederholt sich nur.« Nach meinen Abschlüssen, Highschool und College, überreichte sie mir jeweils einen ansehnlichen Scheck. Zu Thanksgiving war ich mein Leben lang bei ihr willkommen. Sie schien ständig irgendetwas zu backen und brachte dann eine Dose davon bei uns vorbei. Zwei graue geflochtene Zöpfe, ein tröstlicher Bauch zum Anschmiegen, ihr Duft nach Marihuana und Sandelholz und süßer Zuckerglasur.

Und jetzt ist es endlich so weit, dass meine Mutter spricht. Mit den blauen Augen und ihrem graumelierten Kurzhaarschnitt macht meine gepflegte, weise, sexy Mutter eine gute Figur. »Ich will euch von Betsy erzählen«, hebt sie an. Die nur ihre Freundin war, nicht mehr als das, nicht verwandt, nicht verpartnert. »Aber wir kannten einander vierzig Jahre, und es wurde sehr innig.« Sie spricht davon, wie Betsy ihr über eigene Verluste hinweghalf und über die anderer Leute auch, schafft das aber, ohne ein einziges bestimmtes Ereignis zu behandeln. Sie sagt, dass Betsy ein Vorbild war, ja. Sie sorgte sich um andere mehr als um sich selbst. Sie sorgte sich endlos um die soziale Gerechtigkeit und den Zustand der Welt, und diesen Belangen entsprechend verhielt sie sich auch. Und man hatte Spaß mit ihr. Sie war lustig, sagt meine Mutter. Sie hatte einen trockenen Witz. Sie wollte man auf einer Party neben sich stehen haben. Meine Mutter zitiert Alice Roosevelt Longworth: »Wenn du über niemanden etwas Gutes zu sagen hast, dann setz dich zu mir.« Meine Mutter platziert eine Pause und dann die Pointe: »Ich wünschte, Betsy wäre jetzt hier und würde neben mir sitzen, denn sie hätte über euch alle etwas zu sagen.« Alles lacht. »Sie hat oft geliebt – drei Ehen, oi wej! – und ich glaube, sie hat jedes Mal tief geliebt.« Sie hält inne und stellt Blickkontakt mit den drei Verflossenen her. »Sie ist in eurem Leben erschienen, als ihr sie am meisten brauchtet.« Fast hätte meine Mutter noch etwas gesagt, lässt es dann aber, bedauerlicherweise. »Doch sie war auch allein glücklich. Sie war glücklich in ihrer eigenen Haut. Und vor allem das habe ich von ihr gelernt. Wie man mit sich selbst lebt.«

Es herrscht allgemeine Erleichterung. Die Leute applaudieren der Rede. Das scheint unangemessen, aber meine Mutter hat es wirklich auf den Punkt gebracht. Mir ist ganz schwindelig, stellvertretend für sie.

Ich kann kaum glauben, dass die Trauerfeier noch weitergeht, dass sich nach diesem Auftritt noch jemand hervorwagt. Aber – eine Jazzband spielt, eine Frau singt. Weitere Familienmitglieder sprechen. Und dann wird es endlich Zeit, etwas zu essen. Alles erhebt sich, und ich sehe, wie sich Felix beim Aufstehen schwer auf einen Stock stützt. Dem könnte ich einen Tritt versetzen, knick, platsch, Felix als Häufchen. Aber ich schaue nur zu, wie er aus dem Saal humpelt, ohne sich irgendwo zu verabschieden. Ich weiß nicht mal, ob er wirklich der ist, für den ich ihn halte. Vielleicht ist er das Gespenst von allen. All diesen Männern.

Wir begeben uns in den Empfangssaal hinter dem Chorraum. Überall stehen Tabletts mit bergeweise Räucherlachs, samt Roggenbrot und Kapern und Zwiebeln, mit winzigen Eiersnacks, Pasteten und Quiches und dünnen, gerollten Prosciutto-Scheiben und glitzernden Mozzarellaperlen. An einer kleinen Bar in der Ecke gibt es Rosé und Chardonnay, und auf einem Extratisch weiter hinten droht irgendwas Hochprozentiges in Bernsteinfarbe. Ich kann mich nicht entscheiden, was ich als Erstes tun soll, essen oder trinken. Ich bin durstig seit meiner Teenagerzeit, aber dort, wo ich herkomme, in meinem Stammbaum, sitzen hundert Jahre Hunger. »Verschlaf nicht den Weißfischsalat«, sagt meine Mutter. »Er ist fabelhaft.«

Wir beladen unsere Teller reichlich mit Essen und lehnen uns dann im Hintergrund an eine Wand, über uns ein Fenster, Sonnenlicht und Schatten durchkreuzen den Raum. »Gute Palette«, sage ich. »Natürlich«, sagt meine Mutter. »Ich denke, Morty hat sich darum gekümmert.« »Corbin war es bestimmt nicht«, sage ich. »Corbin ist ein Witz«, sagt meine Mutter. »Morty ist vielleicht ein Baby, aber zumindest hatte er noch alle beisammen.« »Magst du Männer überhaupt?«, sage ich. »Ich weiß nicht«, sagt meine Mutter. »Manchmal?« »Geht mir auch so«, sage ich.

Meine Mutter hat es überstanden, wird mir plötzlich klar. Das hat sie nicht ganz eigenständig hingekriegt, aber wer schafft das schon? Doch sie zu beobachten, wie sie diese Männer beobachtet, dass sie bei mir ist, in unserem eigenen Eckchen, begeistert mich. Gott, und wenn ich ihr einfach vergebe? Wenn ich einfach auch damit fertig wäre? Wenn ich mit mir im Reinen wäre?

Wenn ich es überstanden hätte? Und dann denke ich: Ich bin so froh, dass ich meine Therapeutin gefeuert habe. Jetzt habe ich das alles eigens für mich.

Wir geben nicht zu, dass wir uns langsam überfressen, und holen uns Nachschlag. Nach einer Weile sagt sie: »Ich mochte deinen Vater.« »Ich weiß, er war der Beste. Ich meine, er war der Allerschlimmste, aber er war so lustig«, sage ich. »Klar war er lustig. Er war auf Drogen«, sagt sie. Irgendwann beschließe ich, mir einen Drink zu holen. »Mir auch, mir auch«, sagt meine Mutter.

Nach anderthalb Gläsern kommt ein Mann auf uns zu und fragt meine Mutter ganz ernsthaft, ob sie auf seiner Beerdigung sprechen will. Meine Mutter packt ihn und sagt: »O mein Gott, sind Sie krank?«, und er sagt: »Nein, aber Sie haben das so schön gemacht, ich dachte, ich reserviere mal im Voraus.« Es wird rasch zum Witz der Party, dass Leute meine Mutter bitten, auf ihrer jeweiligen Beerdigung zu sprechen. Leute, die sie kennt, Leute, die sie nicht kennt. »Was bist du für eine Berühmtheit«, sage ich, als sich ein Mann mit Weißfischsalat an der Wange davonschlängelt. »Überall Fans.«

»Ist es zu fassen, dass ich so viel Zeit mit diesen Blödmännern verbracht habe?«, sagt sie. »Abgesehen von Larry.«

Wir beobachten Larry, einen linksgerichteten Scheidungsanwalt, groß, kahl, sonnengebräunt, lustig, dröhnendes Lachen, wie er mit seiner nicht ganz so neuen Ehefrau Händchen hält. Sie sind aus Philadelphia gekommen.

»Er ist süß«, räume ich ein.

»Larry ist einer, der die Kurve gekriegt hat«, sinniert meine Mutter.

Seine Frau trägt eine ärmellose pinkfarbene Bluse, und ihre Arme sind sommersprossig und straff. Früher hatte sie ein Tanzstudio.

»Sie ist auch Witwe«, sagt meine Mutter. »Nur dass ihr Mann reich war. Und sie hat keine Kinder gekriegt.«

»Dass du daran gescheitert bist, dir Larrys Zuneigung zu sichern, schiebst du doch wohl nicht auf meine Existenz«, sage ich.

»Nein. Es war alles meine eigene Schuld. Ich habe Zeit an diese Männer verschwendet. Und jetzt kommen sie mir vor wie Gespenster.«

Ich leere mein Glas. »Ich vergebe dir, Mom«, sage ich, aber indem ich das sage, vergebe ich ihr natürlich keineswegs, sondern rufe es auf, ich starte einen kleinen Shitstorm, die astreine passive Aggression. Aber egal, jetzt ist es zu spät. Schon passiert.

»Was denn?«

»Alles aus meiner Kindheit. Mit diesen Männern.«

»Du vergibst mir. Okay, mein Kind.«

Sie stürzt ihren Wein herunter, lacht dann schallend.

»Hör mal, du hattest es leichter als ich«, sagt sie. »Du glaubst, Oma und Opa waren damit beschäftigt, die Frauenrechte zu stärken? Nein, sie wollten, dass ich einen netten Mann kennenlerne und heirate und für ihn koche und putze und ihnen Enkel schenke, basta. Du wurdest in eine Welt geboren, in der es den

Feminismus schon gab und er dir zur Verfügung stand. Ich musste dieses Wissen erst erwerben. Ich wusste nicht, dass ich auch allein sein kann.«

»Trotzdem nervst du mich die ganze Zeit mit der Ehe. Zuletzt vor einer Dreiviertelstunde.«

»Ich wünsche dir einen Copiloten, weiter nichts«, sagt sie. »Die Ehe ist schwer, aber ich glaube trotzdem, dass du es dann leichter hättest. Vielleicht wärst du dann glücklicher.«

»Betsy war dreimal verheiratet, und am Schluss ist sie ganz allein gestorben, ziemlich glücklich. Sie war besser dran ohne diese Leute. Wer sie am meisten geliebt hat, Mom, das warst du.«

»Es ist einfach nett, etwas zu haben, woran man glauben kann«, sagt sie. »Die Ehe ist eine schöne Idee.«

»Aber wieso kannst du nicht einfach an mich glauben?«, sage ich.

Da fängt meine Mutter an zu weinen. Ich habe sie seit dem Tod meines Vaters nicht mehr weinen sehen, und damals war sie wegen seiner Überdosis so sauer auf ihn, dass es nicht unverstellt war, es war so viel Wut mit dabei, dass sie es nicht richtig rauslassen konnte. Aber jetzt heult sie richtig, und jetzt halte ich sie fest. »Es tut mir leid, dass deine Freundin gestorben ist«, sage ich. Sie darf in mich hineinschluchzen.

»Ich bin nur für den einen Tag in der Stadt«, sagt sie. »Können wir uns einfach liebhaben?«

Ich bin einverstanden. Ich bin einverstanden zu lieben.

Sie geht uns noch einen Nachschlag holen, und ich durchquere den Saal in Richtung Bar. In der Ecke sehe ich kurz, wie Larry mit seiner Frau einen Slow tanzt. Ein Arm oben, den anderen um ihre Taille. Zwei Juden, die sich im Hinterzimmer einer Kirche still aneinanderschmiegen. Noch am Leben, noch verliebt. Die beiden zusammen, ein schönes Bild.

## DIE DINNERPARTY

Das Jahr mit den vielen Dinnerpartys ist 1992. Ich bin siebzehn Jahre alt und mein Vater ist seit zwei Jahren tot. Nach seinem Ableben waren unsere geringen Ersparnisse innerhalb weniger Monate aufgebraucht. Dass meine Mutter mit ihrem Job Geld verdient, kann man vergessen, solche Graswurzel-Organisationen waren dauerklamm. Eine kleine Erhöhung als Anerkennung, tut uns leid, das mit deinem Verlust. Meine Mutter muss die Miete bezahlen und fängt an, diese Dinnerpartys zu geben, damit zusätzlich ein bisschen Bares hereinkommt. Flatrate für vegetarisches Essen und Wein aus Tetrapaks. Es kommt niemand außer einem Haufen männlicher Kiffer mittleren Alters. Manchmal bringen ihr diese Männer Geschenke mit, hochwertige Lebensmittel oder Wein oder Marihuana, zusätzlich zu den zehn Dollar, die sie dafür zahlen, dass sie bei ihr essen. Es ist ihre Art, den Laden am Laufen zu halten.

Meine Mutter gibt diese Dinnerpartys jeden zweiten Samstagabend in unserem Apartment an der Upper West Side. Ein paar von den Männern sind widerlich. Sie ziehen mich ständig auf ihren Schoß, schaukeln mich auf ihren Knien, nur dass ich eben kein Kind bin und sie das wissen. Einer ist vielleicht der schlimmste von allen, mit seinem schmutzigen Pferdeschwanz und dem steifen, drahtartigen Ziegenbart. Er lässt die Hände zu lange auf meinen Hüften liegen. *Von wegen*, sage ich, als ich von seinem Schoß steige. Ich finde was Besseres als einen ekligen alten Mann.

Nach mehreren Partys dieser Art fange ich also an, Pläne zu machen, damit ich den ganzen Abend außer Haus bin. Ich helfe meiner Mutter beim Kochen, ich trinke ein Glas Wein mit ihrer besten Freundin Betsy, während Betsy aus dem Küchenfenster eine Zigarette raucht, und dann gehe ich, ich bin weg, und ich komme erst am nächsten Tag zurück. Ich sehe mir Konzerte im CBGB an und gehe zu Raves in Brooklyn und ich hänge im Washington Square Park ab, bis es zu spät und zu gruselig wird. Manchmal gehe ich mir auch die Band meines Bruders ansehen. Ich höre Platten mit meinen Freundinnen in deren winzigen Zimmern, bis ihre Eltern sagen, dass wir schlafen gehen sollen. Ich mag Nirvana und Hole und David Bowie und Pink Floyd und My Bloody Valentine und Public Enemy und A Tribe Called Quest. Ich höre tonnenweise Mozart, besonders beim Malen, denn mein Vater, der Musiker, hat mir erklärt, dass Mozart gut fürs Gehirn ist. Ich träume von einem Leben in Seattle oder London oder Los Angeles, aber ich würde New York niemals verlassen, es gibt nämlich keine bessere Stadt auf der Welt. Daran glaube ich fest, obwohl ich noch nie woanders war.

Eines Abends gehe ich zur Mitternachtsvorstellung der *Rocky Horror Picture Show* im East Village. Meine Freunde Asha und Jack gehen mit, und wir geben unser ganzes Geld für Jolt Cola in Dosen aus, in die wir Rum mischen, den Jack im Spirituosenladen an der 10th Street gekauft hat, wo es auch kleine Tütchen mit mäßigem Marihuana gab und total schreckliches, meistens mit Abführmittel für Babys verschnittenes Koks. Manchmal hatten wir Jolt und manchmal hatten wir schlechtes Koks und manchmal hatten wir passables Speed, das Jack von seinen älteren Lovern bezog. Mir war es so oder so egal. Das war meine Art, den Laden am Laufen zu halten. Und jetzt lief es bei mir.

In der Bahn nach Hause sitzen Asha und Jack mir gegenüber und küssen sich, was bescheuert ist, denn beide sind homosexuell.

»Wieso knutscht ihr denn?«, sage ich.

»Ich weiß nicht, zum Zeitvertreib«, sagt Jack durchtrieben.

Ich will nicht nach Hause, wegen der Party, aber bei den anderen zu Hause war es auch nicht besser. Entweder ist jemand von den Eltern schlimm oder es ist kein Platz. Bei Asha müsste ich in einem Bett mit ihr schlafen und sie wollte immer Löffelchen und mir war nicht immer danach, weil es für sie mehr bedeutete als für mich. »Du hast so tolle Haare«, sagte sie dann und schnupperte daran und wickelte sie sich ums Handgelenk. Mein Haar ist lang und wild und voll. Den Druck konnte ich nicht aushalten.

Mit einer Freundin im selben Bett zu schlafen hatte mal was Unschuldiges, aber jetzt plötzlich nicht mehr. Nicht, wenn so viele Nervenenden neuerdings reizbar sind. Nicht, wenn das Hirn spätnachts ständig klick-klick-klick macht, auch wenn ich alleine bin. So was wie den Schlaf der Unschuldigen gibt es nicht mehr.

»Wenn ihr mich eifersüchtig machen wollt, das funktioniert nicht«, sage ich zu Asha und Jack in der Bahn.

»Uns ist es sowieso egal, was du denkst«, sagt Asha. »Wir machen nur was, damit es uns gut geht.«

»Das ist dermaßen blöd«, sage ich. Ein bisschen trifft es mich schon, aber nicht so, wie sie denken. Sie haben mich einfach ausgeblendet – das ist es, was ich hasse.

Allmählich kommen sie richtig zur Sache, betatschen einander, schieben einander die Zunge tief in den Mund. Asha gibt ein übertriebenes Stöhnen von sich. Allmählich nervt mich das voll.

»Scheiß drauf, ich bin raus«, sage ich und springe an der 86th aus der Bahn, bevor sie was sagen können. Ich winke ihnen durchs Fenster zu, als die Bahn aus der Station fährt.

Jetzt bin ich allein auf der Straße, und ich habe fünfzehn Blocks zu laufen. Ich nehme den Broadway, weil der am besten beleuchtet ist und die größte Chance besteht, anderen Leuten zu begegnen, aber es ist drei Uhr früh, und es ist uptown, und im Gegensatz zu einer weitverbreiteten Annahme schläft die Stadt manchmal doch.

Gleich auf der Höhe der 92nd Street überhole ich einen Mann, keinen Jungen, definitiv einen Mann, betrunken, mit einer Literflasche Bier in einer Papiertüte. Er bietet mir was an. Ich sage: »Nein danke.« Ich gehe schneller. Er folgt mir und sagt: »Wie wär's, wenn du mir noch eine ausgibst?« Ich sage: »Ich habe kein Geld«, und er sagt: »Ja, klar«, und ich sage: »Ich bin pleite, ich bin wahrscheinlich noch mehr pleite als du«, und er sagt: »Wer sagt, dass ich pleite bin, wieso glaubst du, dass ich pleite bin, vielleicht will ich sowieso nur dein Geld«, und jetzt renne ich los, warum nicht rennen, warum stehen bleiben, nur um irgendeinen Punkt zu beweisen? Ich habe null Punkte. Hinter mir höre ich Glas zerbrechen und jetzt rennt er auch, ich höre seinen schweren Atem, er ist groß, hat längere Beine, aber ich bin ziemlich schnell, ich habe gut abgeschnitten im Presidential Fitness Test in der Schule, Tempo und Beweglichkeit, das sind meine Stärken, Kraft aber nicht, einen Kampf werde ich also keinesfalls gewinnen. Nicht stehen bleiben, sage ich mir. Er ist ein Mann, aber du bist ein Mädchen und du stehst in Flammen. Renn bis nach Hause. Aber dann spüre ich eine Hand auf meiner Schulter und ich stolpere, und dann, irgendwie, entkomme ich ganz knapp seinen Fingern, doch da ist schon die Ecke der West End Avenue, ich überrenne eine rote Ampel, und dann geht ein Taxi vor mir in die Eisen, hupt mich an, hupt ihn an, es regnet leicht, merke ich jetzt, Glanz auf mir und dem Taxi, und der Wischer läuft, und der Mann ist weg. »Arschloch«, schnaufe ich. Ich winke dem Taxifahrer zu. Ich sage lautlos danke. Er weiß nicht, warum ich ihm danke. Er hupt noch mal.

Noch sechs Blocks und ich bin zu Hause. Ich renne den ganzen Weg. Wir wohnen in einem hohen Mietshaus, ohne Pförtner, ziemlich sauber und, was das Wichtigste ist, mietpreisgebunden. Vorher hat die Wohnung meinem Vater gehört und davor seiner Tante. »Sie war das Beste, was mir diese Ehe gebracht hat«, sagte meine Mutter immer gern, ohne die Tatsache zu berücksichtigen, dass ihr, hey, auch zwei Kinder entsprungen waren. Es gibt ein Esszimmer und ein kleines, abgesenktes Wohnzimmer mit zwei großen Fenstern, sodass der Raum tagsüber hell ist. Die Küche hat einen schwarz-weißen Fliesenboden und einen Heizkörper, durch den das Fenster beschlägt, und überall hängen Töpfe und Pfannen an Haken, die mein Vater angebracht hat. Es gibt drei Schlafzimmer, jedes mit eigenem Wandschrank und Fenster nach hinten raus zu einem Gässchen, und außerdem gibt es ein Badezimmer mit rosa Fliesen und einer riesigen klauenfüßigen Wanne, in der ich jeden Tag nach der Schule ein langes Bad nehme und lese. Wir haben zwar kein Geld, aber durch dieses Apartment sind wir reich, wir stehen uns nämlich nicht auf den Füßen wie viele andere Leute in New York City, ganz zu schweigen vom Rest der Welt, wo die Leute in Hütten und Zelten oder eigentlich nirgendwo so richtig wohnen. Eine Tür, die man zumachen kann, wenn man für sich sein will, und Sonnenlicht, das durch ein Gässchen hereinfällt – vergesst es, wir waren Millionäre.

Doch mein Zuhause hat sich verändert, seit meine Mutter mit diesen Partys begonnen hat. Als ich aus dem Aufzug steige, kann ich das Pot schon im Hausflur riechen. Diese neue Phase des Drogenkonsums bei mir zu Hause lässt mich die Tage vermissen, als mein Vater bloß ein Heroinsüchtiger war. Es stand schlimm damals, aber immerhin konnte man das nicht meilenweit riechen.

Was ich am liebsten tun würde, als ich durch die Tür komme, ist in den Armen meiner Mutter weinen, aber ich weiß, das geht nicht, denn wenn ich zugebe, dass ich da draußen allein nicht sicher bin, werde ich sofort verknackt, am Wochenende zu Hause zu bleiben. Also flattere ich durch das Wohnzimmer, wo ein halbes Dutzend Männer fläzt, auf dem Teppich, auf der Couch, auf einem schwarzen Liegesessel. Sie sind bärtig, werden grau, werden kahl, hier und da ein Bauchansatz – der Anblick all dieser Alterungsprozesse. Sind die alle schon hundert? War mein Vater auch so alt? Meine Mutter sitzt auf dem Boden, den Rücken an die Couch gelehnt, und ich sehe nur einen Kopf in ihrem Schoß, weil der dazugehörige Körper wahrscheinlich neben ihr ausgestreckt ist, aber verborgen hinter einem langen, niedrigen Tisch. Na toll, die Überbleibsel einer Dinnerparty.

Alle nennen sie meinen Namen, entzückt, ein Szenenwechsel. Der Anblick der Jugend. »Wie war dein Abend?«, fragt meine Mutter. Sie streckt sich. Ihre Bluse steht halb offen. Sie ist nicht nackt, aber angezogen ist sie auch nicht. *Das verstehst du also unter Spaß?*, eine Frage, die mir immer auf der Zunge liegt. *Und darauf soll ich mich freuen, später?* »Wie immer«, sage ich.

Ich bin wütend auf sie. Ich habe den ganzen Abend an mich gehalten, aber jetzt leuchtet mein Zorn pulsierend rot, in voller Blüte. »Ich gehe ins Bett.« »Nein, bleib auf und unterhalte dich mit uns«, sagt ein Mann, irgendeine Pfeife. »Erzähl uns, was mit der Jugend von heute so los ist.«

Eins weiß ich, jetzt, als Erwachsene: Niemand ist cooler als ein Teenager. Noch in schlimmster Verfassung sind unsere Augen ganz klar, und unser Wissen reicht gerade eben aus, um der Welt mit einer gewissen Gewandtheit zu begegnen. Wer sagt, er sei erst auf dem College oder über zwanzig oder wann auch immer cool geworden, hat unrecht. Nach unseren Teenagerjahren ist Schluss mit lustig und wir halten alle einfach nur durch bis zum Tod. Und weil ich gerade auf dem Gipfel meiner Coolness bin, weiß ich, ich bin besser als all diese Männer.

Wie kriege ich die ganzen Leute aus meiner Wohnung? Ich beschließe, sauber zu machen. Geräuschvoll. Ich räume den Tisch ab, Schalen mit welkem Blattkohl auf Safranreis, eine zum Aschenbecher ernannt, mit Zigaretten- und Jointkippen darin, die übrig gebliebene Hälfte eines riesigen Grünkohl-Radieschensalats – wahrscheinlich das Mittagessen von morgen – und irgendein Tofu-Bohnensoßen-Scheiß, und ein ganzer ausgeweideter, zerpflückter Fischkadaver, daneben ein welkes Bananenblatt. Geschepper und Geklirre. Ich mache schnell. Ein paar Ecken Käse, augenscheinlich teuer, am Zerlaufen, aber noch nicht ganz, liegen auf einem Schneidbrett und halten eisern durch. Ich packe sie ein und verstecke sie im Gemüsefach. Das ist mein Käse, denke ich. Es ist nicht mehr viel übrig, das mich anspricht, aber Essen ist Essen, und weil die Schränke in unserem Haus oft so leer sind, verpacke ich alles in Tupperboxen.

Als ich fertig bin, wirkt der Kühlschrank gut gefüllt. Ein tröstliches Gefühl. Vor dem Tod meines Vaters haben wir nicht im Überfluss gelebt – öffentliche Schulen, Kleider aus dem Secondhandladen, keine Ferien –, mussten uns um Nahrung aber niemals Sorgen machen. In den schlimmsten Zeiten brachte er Essen von seinen Schichten als Koch mit nach Hause. In den besten Zeiten kam überraschend ein Scheck, Tantiemen für einen seiner Songs, und dann wurde Steak aufgetischt, ganz schlicht *au poivre*, blutig rot, damit wir es schmecken konnten.

Doch jetzt hatten wir ein Hungerjahr hinter uns. Bis meine Mutter anfing, diese Partys zu geben. Sie tat, was sie konnte. Schuldgefühle regen sich in meinem Magen. Vielleicht könnte ich ja ein bisschen helfen. Ich fange an, das Geschirr zu spülen.

Während ich Töpfe schrubbe, spazieren die Männer rein und raus und versuchen es bei mir.

*Müsstest du nicht schon im Bett sein?*

*Willst du einen alten Freund nicht mal drücken?*

*Brauchst du Hilfe dabei?*

*Du machst das ganz falsch.*

»Das ist Abwasch«, sage ich.

»Du siehst müde aus«, sagt ein Mann, ja, dieser Mann, dieses Arschloch, und ich wende mich ihm nicht einmal zu, warum auch, er hat meine Zeit nicht verdient. »Brauchst du eine Massage?«, sagt er, und er wartet die Antwort nicht ab, tritt einfach hinter mich und fasst mich an. Ja, so ist das in diesem Haus, so ist es geworden. Hier wird man von gesichtslosen Männern bedrängt und angefasst. Das Beste an der Ehe meiner Mutter ist das Schlimmste an meinem Leben.

Und dann ist da noch dieses Ding zwischen seinen Beinen, dieses Ding, das mir die Männer immer zu spüren geben, und er drückt es an mich. »Lass mich in Ruhe«, sage ich. »Warum so zickig«, sagt der Mann. Whiskeyatem, der Atem eines Monsters. Ich spüre seinen mickrigen Ziegenbart an meinem Hals. Für den Rest meines Lebens werde ich mit glatt rasierten Männern zusammen sein. Ich remple ihn mit dem Ellbogen an und er packt mich am Arm. Mit dem anderen nimmt er mein Handgelenk und drückt mich gegen den Tresen. »Das hier ist mein Zuhause«, sage ich. Und ich fange an zu weinen und das ist ihm egal. Denn so machen es diese Männer eben. So schlagen sie zu. Wenn du müde bist und jung und fertig und schon den ganzen Abend mit lauter Mist klarkommen musstest und schwach bist, zerbrechlich bist, und wenn deine Mutter depressiv ist und dein Vater tot und wenn dein Bruder jetzt downtown wohnt und du nichts anderes willst als deine Wohnung aufräumen und schlafen gehen.

Dann ist da plötzlich ein weiterer Mann, der ihm

sagt, dass er aufhören soll, und dann sitze ich wie ein Häufchen Elend auf dem Boden und meine Mutter gibt nebenan beunruhigte Laute von sich – »Alle raus! Alle raus« –, und es ist ohnehin die letzte Party dieser Art, obwohl es bei uns noch weitere Partys geben wird, Abschlusspartys, Geburtstagspartys, Babypartys, aber solche nicht mehr, nie wieder diese benebelten Partys. Bald nach der letzten bekommt meine Mutter einen Kredit von ihren Eltern, die sie hasst, wirklich *hasst*, aber solche Entscheidungen muss man eben manchmal treffen. Ein paar Monate später kommt unverhofft ein Tantiemenscheck für einen kürzlich im Kabelfernsehen wiederbelebten Song, den mein Vater in den Sechzigern für eine Fernsehshow geschrieben hat. Dann verlässt Betsy, die Freundin meiner Mutter, ihren zweiten Ehemann, und sie bekommt so viel Unterhalt, dass sie nicht weiß, was sie damit anfangen soll. Irgendwann findet meine Mutter einen neuen Job, und wir alle reißen erleichtert die Hände hoch, Halleluja, denn das ist ihr am wichtigsten, dass sie es alleine schafft.

Aber damals weiß ich von all dem noch nichts. Während meine Mutter den letzten Mann rausschmeißt, schleiche ich in mein Zimmer. Dort weine ich und denke an die Käsestücke, die ich im Gemüsefach versteckt habe, und daran, dass ich nach ihnen bestimmt nie wieder etwas Leckeres essen werde. Und dann ist meine Mutter auf einmal da, neben mir im Bett, und entschuldigt sich. Das hat es schon gegeben, dass sie ihren Körper an mich kuscheln wollte, sowohl als Entschuldigung als auch zu ihrem eigenen Trost. Es gibt keinen lebenden Menschen, der nicht irgendwas von mir will, denke ich. Keine Handlung ist ohne Berechnung. Nichts gibt es umsonst. Nichts ist unverfälscht.

»Das erkläre ich dir schon die ganze Zeit«, sage ich zu ihr. »Diese Leute sind widerlich. Diese Männer sind widerlich.« »Das wusste ich nicht«, sagt sie, und ich schaue ihr ins Gesicht, um zu ergründen, ob sie dumm ist oder eine Lügnerin, aber ich sehe es nicht und ich weiß sowieso nicht, was schlimmer wäre.

»Raus«, sage ich. »Raus hier. Lass mich jetzt um Gottes willen schlafen.«

Es gibt keinen Schlaf der Unschuldigen mehr, denke ich wieder, als sie die Tür schließt. Ich rolle mich zu einer Kugel zusammen und halte mich ganz fest. Mein eigener Körper, mein eigener Trost, meins.

## NINA

Für meine Kollegin Nina steht ihre erste große Präsentation an. Sie macht seit Wochen Überstunden, um daran zu arbeiten, und sie ist aufgeregt, also habe ich auch ein paar Überstunden gemacht, um ihr zu helfen, denn ich fühle mit ihr, ich weiß, wie das ist, wenn man anfängt, und außerdem habe ich sonst im Moment sowieso nicht viel vor. An einem dieser Abende erzählt sie von ihren Sorgen um ihre Karriere, von dem Gefühl, man könnte sie als Hochstaplerin entlarven. »Mir ist, als hätte ich ein ganz großes Geheimnis, und das Geheimnis ist, dass ich nicht weiß, was ich tue, und es ist nur eine Frage der Zeit, bis das auffliegt«, sagt sie. Ich erkläre ihr, dass sie so talentiert und qualifiziert ist wie alle anderen auch. Was ich ihr nicht erkläre, ist, dass sie wahrscheinlich einen besseren Job finden kann und dass sie sich jetzt verabschieden sollte. Aber im Grunde ist es ein ganz guter Job für jemanden in ihrem Alter, es ist nur kein guter Job für jemanden in meinem Alter, und vielleicht sollte ich mich besser mal mit mir selbst unterhalten.

Unser Chef, Bryce, war auch an ein paar Abenden da und ist bei unserer Box stehen geblieben und hat irgendwie aufmunternde, aber wenig hilfreiche Dinge gemurmelt. Zum Beispiel: »Ihr zwei. Schaut euch nur an. Arbeitet.« Und: »Ich bin beeindruckt von eurem Engagement für die Arbeit, aber bleibt nicht zu lange. Denkt daran: Work-Life-Balance.« Er hat ein kleines Cottage in den Hamptons und eine Frau, die in einer anderen großen Agentur arbeitet, und außerdem noch ein Boot, und von all dem hat er Fotos in seinem Büro, allerdings nicht im selben Rahmen. Eines Abends betrachtet Bryce über unsere Schultern, was wir gerade tun, und veranlasst Nina ohne Not, ein Bildelement zu bewegen. »Schieb es zurück«, sage ich, als er weg ist. »Ich verspreche dir, das merkt er gar nicht.« Aber sie lässt es, wo es ist.

Am Wochenende vor der Präsentation habe ich ein furchtbares Gespräch mit einem Mann namens Matthew, mit dem ich was habe. Furchtbar ist es aus zahllosen Gründen. Dann gehe ich nach Hause und führe ein ebenso schreckliches Telefonat mit meiner Mutter. Muss jede Diskussion in Tränen enden? Und jede Mahlzeit? Und jeder Atemzug? Im Moment ja. Ich beschließe, dass ich einen freien Tag extra brauche, also melde ich mich am Montag krank und rauche den ganzen Tag Pot und bestelle auf Seamless Pizza und Cola Light und verputze das alles allein, und als ich fertig bin, gehe ich am Wasser spazieren. Ich denke über den Tod nach auf diesem Spaziergang, über meine eigene Sterblichkeit und die aller Menschen, mit denen ich verwandt bin. Am Ende eines Piers bleibe ich neben einer Baustelle stehen. So hat man das vor langer Zeit gemacht, sich einfach irgendwo runtergestürzt, im Stillen, ein einsamer Tod und doch ein romantischer, heroisch geradezu oder zumindest kühn, ein weiter Sprung in die Luft, ein mächtiger Platscher, der auf dich wartet, und dann fassweise Wasser in dir, bis du nicht mehr atmen kannst, bis du versunken bist, vielleicht mit dem letzten Gedanken: Wird man mich vermissen, wenn ich nicht mehr da bin? Oder wahrscheinlich eher mit einem schlichten: *Oh.*

Nur ist das hier nicht das Meer, sondern der East River, und ich würde auf diese Weise nicht sterben, ein so kurzer Sprung ist gar nichts, sieben Meter vielleicht, und in diesem Moment kommt mir der Tod unerreichbar vor, und ich wollte ihn sowieso nur in Betracht ziehen, als Idee. Also gehe ich lieber nach Hause, trinke eine halbe Flasche Wein, masturbiere, sacke weg, wache am nächsten Morgen auf und gehe zur Arbeit, denn heute ist Ninas Präsentation und ich bin total gespannt, wie sie das hinkriegt.

Und Folgendes passiert: Sie erscheint zur Arbeit in einem engen Kleid, aus lavendelfarbenen Bändern, die aussehen, als wären sie um ihren Körper gewickelt. Wie bist du da reingekommen?, hätte ich gern gefragt, lasse es aber. Sie sieht super aus. Sie ist gertenschlank und das Kleid wirkt vorteilhaft, wenn auch ein bisschen billig. Im Sinne von: Bitte schön, die komplette Nina, sämtliche kleinen Rundungen und Kurven von Nina, in Viskose verpackt. So was trägt man nicht im Büro. So was trägt Nina.

Außerdem: komplettes Make-up, aufgeföhnte Frisur, fantastischer Duft, Diamantohrringe, Absätze, das ganze Programm.

Ich versuche mich zu erinnern, was ich bei meiner ersten Präsentation getragen habe, und auch wenn mir das nicht gelingt, weil es über zehn Jahre her ist, weiß ich, dass es etwas ganz anderes war. Ich neige zu Schwarz, klassisches dunkles New York-Enigma – oder Phlegma? Nina ist Designerin durch und durch. Sie versteht etwas vom Komplettpaket. Außerdem ist sie sechsundzwanzig und seit dem College auf Instagram und mit Perspektiven und Looks und Sehnsüchten in einer Weise vertraut, die mir fremd ist und die mir auch nichts bedeutet, oder zumindest nicht mehr.

»Du siehst gut aus«, sage ich.

»Das alte Ding«, sagt sie, und sie lächelt knapp. So viel Glamour, und trotzdem ist sie aufgeregt. Es rührt mich, dass es ihr etwas bedeutet, es rührt mich, dass sie es versucht.

»Du hast es drauf, Nina«, sage ich.

Während ihrer Präsentation ist es schwer, sie nicht als körperliches Objekt anzustarren, denn sie ist jung und schön, und dann sind da noch all diese Rundungen. Ich folge den Blicken aller anderen im Raum, weil ich sehen will, ob ihre Aufmerksamkeit Ninas Physis oder ihren Worten gilt. Die einzigen, die Nina durchgehend ansehen, sind Bryce und ich, und er muss natürlich aufmerksam sein. Wenn diese Präsentation irgendjemandem gilt, dann ihm. Ich arbeite schon lange mit ihm zusammen. Er ist gut darin, die Konzentration zu halten, oder zumindest den Anschein zu erwecken. Alle anderen sind mit ihren Geräten beschäftigt und schauen nur hin und wieder zu Nina auf. Zu meiner Zeit hätte sich der gesamte vorhandene männliche Blick auf sie fokussiert. Ich weiß nicht recht, ob das ein Fortschritt ist oder eine Beleidigung.

Ich denke an die Zeit, als ich mich auch so gekleidet habe, nicht mit so einem Kleid natürlich, aber so körperbetont. Das werde ich nie wieder tun. Ich habe allerhand Lektionen gelernt durch diesen Kleidungsstil, tolle Lektionen, schreckliche Lektionen, langweilige Lektionen, alle eben, und die wichtigste war: Ganz gleich, wie sehr du über dich selbst verfügst und deinen Körper und deinen Geist – manche Männer werden immer Macht über deinen Körper erlangen wollen, und sei es nur durch ihre Blicke, auch wenn sie es oft mit Worten versuchen und manchmal mit den Händen.

Bei Ninas Anblick ist mir, als würde ich all diese Lektionen gleichzeitig noch einmal lernen, als zuckten Bilder aus meinem eigenen Leben über ihren Körper. Ich hole tief und laut und beklommen Luft, und alle schauen mich an. »Entschuldigung«, sage ich und nehme mit spitzen Fingern ein Schinkenhäppchen vom Catering-Tablett. Jemand musste das erste Häppchen nehmen. Bald tun es mir die anderen nach, und alles isst, während Nina spricht. Sorry, Nina.

Obwohl wir so augenscheinlich mampfen, macht Nina ihre Sache unfassbar gut: Sie ist ausgeglichen, gut vorbereitet und steht fest im Stoff. Bryce stellt eine

Frage und sie antwortet schon, ehe er den Satz ganz ausgesprochen hat. Eine Visionärin ist sie nicht, doch über ihr Thema weiß sie deutlich mehr als alle Anwesenden. Ich käme da nicht mit. Ich bin stolz auf sie.

Später, zurück am Schreibtisch, klatsche ich sie ab und wir lachen beide. »Lass uns später was trinken«, sage ich. »Lass uns *jetzt* was trinken«, sagt sie. Es ist zwei Uhr nachmittags. In meinem Posteingang wartet eine E-Mail von meiner Mutter, die sich für ihr Benehmen entschuldigt. Mir ist nicht nach antworten, also lasse ich es. Wir fahren beide unsere Computer herunter und schleichen uns diskret aus dem Gebäude. Wir gehen sechs Blocks zu einer Hotelbar und ich bestelle einen Manhattan und Nina bestellt einen Gin Martini, und wir trinken zügig aus, um dann eine weitere Runde zu bestellen, sodass wir bald hinüber sind. Nina checkt ständig ihr Telefon, das sie mit vielen Nachrichten belohnt – das nennt man wahre Liebe. »Meinst du, jemand merkt, dass wir weg sind?«, sagt sie. »Sie werden merken, dass das Kleid nicht mehr da ist«, sage ich. Sie lacht und sagt: »Ganz schön scharf, was?« Ich leere mein Glas. Ich frage sie, warum sie es angezogen hat. »Macht's dir was aus, dass die Leute deinen Körper angestarrt haben? Ich meine, ich habe ihn angestarrt. Man konnte schließlich alles sehen.«

»Mir macht's nichts aus, wenn man mich sexualisiert, Hauptsache, ich bleibe in Erinnerung«, sagt sie. »Ich traue sowieso keinem.« »Ich auch nicht«, sage ich. Wir trinken weiter. Wir fangen an, einander Geheimnisse zu erzählen, Sachen, die Männer uns angetan haben, die grauenhaften Sachen. Da ich älter bin, hatte ich mehr Zeit, grauenhafte Sachen zu erleben, aber bei ihr kommt noch hinzu, dass sie Koreanerin ist, und in diesem Land asiatischer Abstammung zu sein geht mit einer Fetischisierung einher, die für mich als Durchschnittsjüdin nie ein Problem war. Sie erzählt mir ein paar Geschichten: fiese Highschool-Lehrer, fiese College-Professoren, fiese Fieslinge. »Mich hat in der U-Bahn noch nie jemand so verfolgt«, gebe ich zu. »Das passiert ungefähr einmal pro Woche«, sagt sie. Wieder checkt sie ihr Telefon und seufzt. Ihre wahre Sehnsucht bleibt unerfüllt.

Ich erzähle ihr von den Männern, die nach dem Tod meines Vaters durch mein Zuhause marschierten. Meine Mutter lud ständig diese bekifften Sozialaktivisten ein. Ein paar wollten unbedingt, dass ich mich auf ihren Schoß setzte, und dass sie hart waren, konnte ich spüren. »So bekam ich Aufmerksamkeit, ob ich wollte oder nicht«, sage ich. »Es war immer ein Geheimnis zwischen mir und denen.« »Haben sie ihn auch mal reingesteckt?«, fragt sie. »Ich habe immer Hosen getragen, wenn es bei mir zu Hause Essen gab«, sage ich.

Nach einem weiteren Drink erzählen wir einander unsere Vergewaltigungsgeschichten. Fast jede Frau, die ich kenne, hat eine zu bieten. Wenn ich für jede dieser Geschichten, die ich mir angehört habe, einen Nickel bekommen hätte, könnte ich mir ein riesiges Plüschkissen kaufen und mein tränenüberströmtes Gesicht darin verbergen. Beinahe-Vergewaltigung, Vergewaltigung bei einem Date, Vergewaltigung im Sinne von Vergewaltigung, alles dasselbe, denke ich. Nah dran ist auch Vergewaltigung. Einmal hat mir eine Freundin so atemlos wie ausführlich davon berichtet, wie sie auf einer Party einen Betrunkenen abwehren musste. Er zerreißt ihr das Kleid, zerkratzt ihr die Haut, würgt sie, und schließlich gibt sie ihm eins aufs Auge, aber, wie sie immer wieder betont, *gefickt hat er sie nicht.* »Gott sei Dank ist nichts passiert«, sagte sie zu mir. Ich starrte sie an und antwortete verzögert. »Ja«, sagte ich. »Gott sei Dank.«

Ninas Telefon vibriert, und sie schaut drauf, scrollt, seufzt genervt und sagt: »Ach, was soll's«, und ich sage: »Genau«, und wir stoßen an und ich sage ihr noch mal, dass sie die Präsentation gut hingekriegt hat, und sie sagt: »Meinst du wirklich«, und ich sage: »Wirklich«, und sie sagt: »Du würdest mich nicht anlügen, stimmt's?«, und ich sage: »Nina, ich hab nicht vor, dich anzulügen, ich hab vor, deine Freundin zu sein«, und sie sagt: »Schwester«, und ich sage: »Richtig, Schwester.«

Drei Drinks später ist es siebzehn Uhr und die Bar füllt sich allmählich. Nina kleckert ein bisschen von ihrem Cocktail auf ihr Kleid. Klare Flüssigkeit, also macht es nichts, aber es ärgert sie trotzdem und sie schnappt ihre Handtasche und schreitet dramatisch durch die Bar und steht schon fast in der Küche, als ein Kellner sie umdreht und in die richtige Richtung schickt. Ich schaue zu und kichere in mich hinein. Ach Nina, denke ich, du und dein enges Kleidchen.

Dann summt vor meiner Nase ihr Telefon und ich schaue drauf, weil ich hackedicht bin und weil ich außerdem wissen will, was in ihrem Leben so läuft, das sie mir nicht erzählt. Es ist eine Nachricht von Bryce, der ihr schreibt, wie froh er war, dass sie das Kleid doch noch gekauft hat, und dann noch eine Nachricht von ihm, in der er ihr schreibt, wie scharf sie darin aussah, und dann noch eine Nachricht von ihm, in der er ihr schreibt, dass er es ihr ausziehen möchte, und dann noch eine, in der er sie bittet, ihn um sieben zu treffen, und dann eine letzte Nachricht, die auf gewisse orale Wünsche hindeutet, sowohl aktiv als auch passiv. Und ich sage mir: *Oh*. Ich muss nicht von Klippen in Meere springen, um zu sterben, denn jeden Tag wartet ein kleiner Tod auf mich. Ich muss nur aufwachen und zur Tür hinausgehen.

## INDIGO LÄSST SICH SCHEIDEN

Wir treffen uns im Hof eines Cafés nicht weit von ihrem Loft, wo uns das Sonnenlicht durch ein improvisiertes Dach aus schmalen Holzlatten besprenkelt. Es hängen auch schimmernde Weinreben über uns, getupft mit jungen grünen Trauben so klein wie Nippel. Indigo ist zu dünn, nur ein Hauch, das üppig Erblühte nach der Schwangerschaft schon dahin. Sie trägt einen langen Schal aus grauer, glitzernder Rohseide und ein fließendes schwarzes Kleid mit eingearbeiteten Kristallen an Ausschnitt und Rocksaum. So sieht bei ihr das Trauern aus.

Ich sage: »Erzähl mir alles.«

Ihr Mann Todd ist in ein firmeneigenes Apartment nicht weit von seinem Büro gezogen. »Nicht, dass er vorher besonders oft zu Hause gewesen wäre«, sagt sie. »Armer kleiner Efraim«, sage ich. Er ruht in einem Babysitz auf dem Stuhl neben ihr. »Bestimmt vermisst er seinen Daddy.« »Man kann nichts vermissen, was längst weg ist«, sagt sie. Ihre Mutter kam sofort aus Trinidad geflogen, als sie davon hörte, und putzt ihr gerade die Wohnung, während wir hier sitzen. »Sie hat die Putzfrau gefeuert«, sagt Indigo. »Jetzt werde ich sie nie wieder los.« Sie atmet ausgiebig und meditativ durch und ich warte darauf, dass sie etwas Ausgewogenes oder

Versöhnliches oder Stärkendes sagt, und sie sagt: »Ich fasse es nicht, dass ich die nächsten achtzehn Jahre mit meiner Mutter bei mir zu Hause hocke.«

»Ich habe das gar nicht kommen sehen«, sage ich. Ich hätte auf ein ganz anderes Ende für ihre Geschichte getippt. Scheidung – vielleicht, aber erst in zehn Jahren, dazwischen ein weiteres Kind oder zwei. Wir haben bestimmte Erwartungen an unsere Freunde. Ich dachte, Indigo hätte sich für immer verflüchtigt, ab in die Babywelt, wie all die anderen Menschen in meinem Leben, die Kinder bekommen haben: Miriam, die mit Howard und den Zwillingen nach Connecticut gezogen ist, endlich Connecticut, ein Ort zum Absacken; oder Peter und Glenn, die wegen Glenns Job in die Vorstadt von DC gezogen sind, aber auch, weil es besser war, ihr adoptiertes chinesisches Baby Cassandra dort aufzuziehen; oder Pam, die süße Pam, die nirgendwo hingezogen ist, sondern einfach in ihrem alten Apartment in Astoria blieb, aber dennoch verschwand, sich zurückzog, eine Soldatin, die gleich zu Beginn des Krieges kapitulierte.

Ich hatte es besonders genossen, Indigo aus der Entfernung zu sehen, wie einen Sonnenuntergang im Rückspiegel nach einem langen Tag am Steuer. Ich bewunderte die Schönheit ihres Lebens, die starken Farben des Himmels, der sie umgab. Sie wirkte immer ausgeruht und erfrischt. Es gab einen Mann, ihren frisch gebackenen Ehemann, der sie liebte. Und obwohl sie in ihrem Apartment so große Fenster hatte, hörte man den Lärm von der Straße unten kaum. Mir gefiel das Wissen, dass es so etwas gab, so ein Leben, wenn auch nicht für mich.

Tee wird gebracht, und keine von uns rührt ihn an.

Sie waren nur kurz verheiratet, zwei Jahre. Todd war von Anfang an nicht dabei gewesen. Seine Arbeitszeit hatte sich nicht verkürzt. Vielleicht hatte sie sich sogar verlängert. Er arbeitete an der Wall Street, in Laufweite zu ihrem Loft in Tribeca, und kam anscheinend trotzdem immer im Taxi nach Hause. Wo kam er her? Was hatte er mit seiner Zeit gemacht? Vor dem Baby hatte sie sich mit ihm zum Abendessen getroffen, sie waren ausgegangen, in der Stadt. Nach dem Baby blieb sie zu Hause allein. Wie waren sie in diese Trennung gerutscht? Liebte er das Kind denn nicht? Wollte er das Kind nicht sehen? Mochte er das Kind überhaupt? Das war sein Kind, schau doch, das Kind, sie hatte dieses Kind für ihn gemacht, ein Sinnbild ihrer Liebe zu ihm, ein Geschenk, ein Kind, ein Geschenk. Unaufhörlich bot sie ihm das Baby dar.

»Magst du dein Baby denn nicht?«, hatte sie gesagt.

»Ich mag ihn gern«, hatte er gesagt.

»Dann liegt es an mir«, hatte sie gesagt.

»Es liegt nicht an dir«, hatte er gesagt. »Aber es liegt auch nicht *nicht* an dir.«

»Hast du ihn ungespitzt in den Boden geschlagen?«, frage ich. »Hast du mit dem Küchenmesser auf ihn eingestochen? Ich glaube, vielleicht wärst du damit durchgekommen. Ich glaube wirklich, die Jury wäre auf deiner Seite gewesen.«

»Nein, ich war schrecklich, er hatte recht«, sagt sie. »Und früher bin ich nie so gewesen. Nur, ich hielt es einfach nicht aus, dass er Effy ignorierte, weil er so kostbar ist und so klein und ein winziges Himmelsjuwel, und weil er Liebe braucht.« Sie fängt an, sich den glitzernden Seidenschal vom Hals zu wickeln. »Ich fühle mich wohl in der Sphäre, die mir gegeben ist, weißt du? Ich bin hier, du bist hier, wir sind alle hier auf dem Planeten und teilen uns dieselbe Sphäre.« Sie hält den Schal mit beiden Händen fest und macht irgendwas damit, sie wickelt die Enden um ihre Handgelenke, und es sieht aus, als würde sie sich fesseln, da geht etwas Ritualartiges vor, was aber fremd wirkt, wie gerade erst erfunden.

»Hast du deine Meditation gemacht?«

»Das fragt Todd auch immer«, blafft sie. »Natürlich meditiere ich. Ich meditiere wie Sau.« Sie hört auf, sich einzuwickeln, lässt den Schal in ihren Schoß fallen. »Ich dachte, wenn ich die Babypfunde verliere, dann hilft das. Todd hat mein körperliches Ich immer bewundert.« Indigos heißer Yogalehrerinnenkörper. Den hatten wir alle bewundert.

»Du weißt, dass das nicht stimmt«, sage ich. »Daran liegt es nicht. Daran liegt es nie, und überhaupt, auch als du schwanger warst, sahst du umwerfend aus.« Wirklich, sie hatte gestrahlt und immer schmal gewirkt bis ganz kurz vor dem Geburtstermin, als sich eine zarte Beule zeigte. Es lag nicht an ihrem Körper, es lag nicht an ihrer Form, es lag nicht an ihrer Sorge um ihr Kind.

Es lag an Todd. Es war seine Schuld. Er hatte eine

Affäre. »Woher hatte er die Zeit?«, sagt Indigo. »Es dauert nicht lange, seinen Schwanz irgendwo reinzustecken«, sage ich. »Manchmal nur ein paar Sekunden, wenn man es näher betrachten will.« Sie schnappt nach Luft. »'tschuldigung«, sage ich. »So sollte ich nicht über den Schwanz deines Ehemannes reden.« Indigo sagt, dass es ihr nichts ausmacht. Sein Schwanz sei sein Schwanz – darüber zu reden werde nichts an der Tatsache ändern, dass er ihn nun in eine Marketingleiterin aus der Kosmetikbranche stecke, mit Hang zum Lipliner-Missbrauch und einem Abschluss vom Smith College. »Wie heftig hast du sie gegoogelt?«, sage ich. »Ziemlich heftig«, sagt sie. »Sie haben sich in Tunesien kennengelernt, auf einer seiner Reisen für das Projekt mit den Mikrokrediten. Sie hat dort Urlaub gemacht. Ich habe Fotos von den beiden gesehen. Cocktails in der Hand.« Ich schnaufe. »Mit Obstspalten«, sagt sie. »Widerlich«, sage ich.

»Ich versuche, drüberzustehen.« Sie blickt zum Himmel, auf der Suche nach Orientierung.

Ich hatte gedacht, Indigo wäre endgültig aus meinem Leben verschwunden. Ich hatte sie einmal gesehen seit der Geburt des Babys, und mehr hatte ich auch nicht erwartet. Und nun könnte ich mich an ihrem Niedergang freuen, was ich aber nicht tue. Denn da saß sie nun – bitter und gereizt und mehr wie ich. »Was immer ich für dich tun kann«, sage ich. »Frag einfach.« So bin ich seit jeher gewesen, oder zumindest so lange, wie ich mich erinnern kann. Ich würde sie im Schoß der Gemeinschaft willkommen heißen, wenn es das war, was sie hören musste. »Dein Mann ist ein schrecklicher Mensch«, sage ich. Meine Indigo, die mir Übungen in Nasenatmung beigebracht hat, um den Geist zu kühlen, und die jedes Mal, wenn ich sie sah, darauf bestand, dass ich schön war, ihre Hände an meinen Handgelenken, wie sie meine Arme rieb bis hin zu Schultern und Hals. »Schau dich an«, sagte sie dann. »Schau, wie schön du bist.«

Ich bin immer nur in der Situation, sie eben zu kennen, wird mir nun klar. Ich bin Zeugin ihres Lebens, während ich tief in meinem eigenen Elend stecke, in Freude und Verschwendungssucht und Exzess. Ihr Leben ist konstruiert, elegant und akkurat, etwas unvergesslich Schönes, und meins ist ein Eintopf, ein saftiges, matschiges Durcheinander aus Zutaten und Empfindungen und Emotionen mit zu viel Salz und Gewürzen, zu vielen Ängsten, von dem immer ein bisschen vorn auf mein Hemd tropft. Aber hast du es mal probiert? Hast du es probiert. Es ist köstlich.

Indigos Telefon klingelt. »Da muss ich rangehen, das ist mein Anwalt.« Bevor sie den Hof verlässt, reicht sie mir das Baby, ohne mich zu fragen, ob ich es will. Das ist, offen gesagt, übergriffig. So gar nicht meine alte Indigo. Hier, halt mal dieses Wesen, das du gar nicht so richtig kennst. Aber ich nehme ihn, er darf mit meinen Haaren spielen, ich mache unkontrollierte Küsschengeräusche. Ich denke an meine Nichte in New Hampshire, jene, die gerade stirbt, die niemals richtig wach gewesen ist. Ich drücke einen Schluchzer weg. Effy ist zum Anbeißen und einfach bezaubernd. Die arme Sigrid hatte nie eine Chance, uns ihre Tricks zu zeigen. Ich wette, sie hätte richtig gute Tricks draufgehabt. »Dich muss man einfach lieben, Effy. Mit dir will man einfach jede Minute seiner Zeit verbringen.« Er berührt mein Gesicht, meine Wangen, meine Lippen, mein Kinn, und gurrt und lacht. »Welches Arschloch würde dich einfach im Stich lassen, Effy?« Er legt den Kopf schräg. Ich drücke Effy sanft an mich. Ich kann nicht widerstehen.

Indigo kommt zurück zum Tisch – Kleider und Atem, alles aufgewühlt und funkelnd. »Na, wie reich wirst du?«, frage ich. »Ich war schon reich, als ich ihn geheiratet habe«, antwortet sie. »Jetzt geht es nur darum, reich zu bleiben.« Und dann kehrt sie zu sich selbst zurück, entsetzt über ihre eigenen Worte. Sie holt Atem aus ihrer tiefsten Tiefe, sucht und findet jenes schwer fassbare Wesen, ihr Zentrum. »Das Geld ist für Effy, nicht für mich. Wenn er Effy jetzt so einfach im Stich lassen kann, wer weiß, ob er sich später noch um ihn kümmert.« Sie nimmt mir Effy wieder ab. Mach's gut, Effy, war kurz, aber schön. »Mir ist das Geld egal. Du weißt, dass Geld mir immer egal war, ja?« Ich nicke. »Ich habe ihn geliebt. Er war klug und erfolgreich und sah so gut aus, so gemein gut, und er hat mich total verwöhnt, und meine Hand gehalten, und ich bin gekommen bei ihm. Alles, was man von einem Mann will, hat er getan. Aber lustig war er nicht. Ich war die Lustige, ist das zu glauben? Ich bin gar nicht besonders lustig«, sagt sie. »Das stimmt«, bestätige ich. »Eigentlich überhaupt nicht«, sagt sie. »Dann stell dir vor, wie langweilig er ist.«

»Du wolltest nicht den Rest deines Lebens mit einem Langweiler verbringen«, sage ich. »Doch, wollte ich«, sagt sie. »Wollte ich ehrlich.«

Schließlich trinken wir den Tee, der inzwischen kalt ist und fade, abgesehen vom Koffeinschub. Indigo holt ein Fläschchen aus ihrer Handtasche und drückt ein paar Tropfen Flüssigkeit in ihren Tee. »Ich mache eine Entgiftungskur«, sagt sie. »Ich will die ganzen Toxine loswerden.« »Ich auch«, sage ich. »Gib mir was ab.« Sie drückt auch ein paar Tropfen in meine Tasse. Wir trinken beide.

Da sitzen wir und *entgiften uns*.

»Wie geht's dir?«, sagt sie.

»Mir geht es wie immer. Außer dass ich jetzt vierzig bin.«

»Eigentlich kann das nicht sein«, sagt sie.

»Die Zeit lässt sich nicht aufhalten«, sage ich.

Ich erzähle ihr nichts von den anderen Dingen, die sich in meinem Leben tun. Nichts von den Dates, zu denen ich gehe, nichts davon, wie sehr ich meinen Job hasse, dass mich jeder Arbeitstag seelisch herabsetzt, wie traurig mein Bruder in letzter Zeit am Telefon klingt, dass ich in letzter Zeit öfter an meinen toten Vater denke, als mir gesund erscheint, wie sehr ich meine Mutter vermisse, und doch bringt nichts sie jemals wieder nach New York City zurück. Im Grunde sollte ich ihr das wohl alles erzählen, aber irgendwie ist es auch schön, wenn ich mal kurz nicht an meinen eigenen Scheiß denken muss, und außerdem will ich sie nicht runterziehen. Wenn ich ihr von diesen unbedeutenden Tragödien erzähle, existieren sie anschließend noch in einem weiteren Reich, im Indigo-Reich. Und heute geht es nicht um mich. Heute geht es um sie.

Also erzähle ich ihr stattdessen von der Kunst, die ich kürzlich in einer kleinen Galerie in Chelsea gesehen habe. Raue, schöne Bilder. Die Farben stammten aus der Natur. Der Mann, der sie gemalt hat, war in Louisiana geboren und aufgewachsen, und er lebte auf einer Farm mit seiner Familie, und sein Sujet waren die nahegelegenen Sümpfe. Ich habe seine Erläuterungen gelesen. Dort stand, er sei ein Jahr lang jeden Tag bei Sonnenuntergang mit einem kleinen Motorboot über diese Sümpfe gefahren, und das habe ihn am meisten inspiriert, mehr als alles andere auf der Welt. Nicht Menschen, nicht Politik, nicht Krieg, nicht Liebe, nicht Geld, nicht Leben noch Tod. Nur Zypressen und Sumpfwasser und rosige Himmel und ab und zu ein bedrohlich geschwenkter Alligatorenschwanz.

Ich bin erschrocken, als sie plötzlich keucht. Ich frage sie, ob alles okay ist, und sie sagt: »Eben war ich im Kopf seit langer Zeit mal wieder woanders. Ich war woanders und ich bin zurückgekommen.« »Was ist mit deiner ganzen Meditation?«, sage ich. »Die funktioniert nicht mehr«, sagt sie. »Ich komme aus meinem Kopf nicht raus. Weißt du, wie das ist, wenn man aus seinem Kopf nicht rauskommt?« Ich nicke. »Bis eben gerade habe ich festgesessen«, sagt sie. Ihr Atem beruhigt sich. »Es war so schön, eine Weile woanders zu sein«, sagt sie. »Danke.« Ich nehme ihre Hand, und ich denke: Genau das können wir doch füreinander tun. Hier ist endlich der Weg, wie es funktionieren kann.

# MÄDCHEN

2003 ziehe ich in ein Apartment, und ich bin Ende zwanzig, und zum ersten Mal wohne ich in New York City allein. Zunächst habe ich mit meiner Mutter und meinem Vater und meinem Bruder zusammengewohnt, dann nur mit meiner Mutter und meinem Vater, und dann nur mit meiner Mutter, und auf dem Hunter College habe ich immer noch bei ihr gewohnt, um Geld zu sparen. Jetzt ist mir, als könnte ich ganz von vorn anfangen. Neue Freunde finden, ein anderes Leben aufbauen, eine neue Richtung einschlagen. Wir sind in derselben Stadt, doch das neue Apartment ist vom alten Apartment so weit entfernt, dass es ganz woanders zu sein scheint. Brooklyn gegen Upper East Side, ein Fluss, der ein Zuhause vom anderen trennt. Jeden Morgen wache ich auf und recke die Arme und fühle mich fünf Zentimeter größer, weil, jetzt bin ich bestimmt eher eine Erwachsene.

Ich schließe Freundschaft mit einem Nachbarn, Kevin. Er wohnt in exakt dem gleichen Apartment wie ich, nur ein Stockwerk höher. Am frühen Sonntagmorgen spielt er laute Soul-Musik, und der Bass dröhnt durch die Zimmerdecke und weckt mich auf, und als das ein paar Wochen so gelaufen ist, gehe ich nach oben und klopfe an seine Tür und bitte ihn, es leiser zu drehen. Er macht gerade Blaubeerpfannkuchen und er hat Laufshorts an und sein Hemd ausgezogen und er sieht ziemlich toll aus, so halb nackt, nicht muskelbepackt, aber einfach fit, straff, als wäre sein Fleisch maßgeschneidert für seine Knochen. Er entschuldigt sich, schlüpft in sein Hemd und bietet mir Pfannkuchen an, und so werden wir Freunde.

Wir sehen einander meistens sonntags. Manchmal lädt er mich zum Frühstück ein, manchmal klopfe ich nachmittags bei ihm an und frage ihn, was er gerade macht, oder lasse ihm einen Zettel da, dass ich eine Flasche Wein gekauft habe und er doch runterkommen zu mir soll, zum Sonnenuntergang. Ich versuche, es nicht romantisch klingen zu lassen. Ich versuche, sein Kumpel zu sein. Ich versuche, mit einem Mann was zu haben, ohne dass ich Sex mit ihm habe und es dadurch versaue.

Wir führen tolle Gespräche. Er ist Steueranwalt, was irgendwie langweilig klingt, aber er macht das gut, er brennt dafür, und er hat große, wichtige Mandanten. Außerdem hat er so eine Vision, Häuser zu kaufen und zu renovieren und dann mit Gewinn zu verticken, aber das will er in Philadelphia tun, denn da gefällt es ihm und er sieht einen besseren Markt für seine Pläne. Ich denke über solche Sachen nie nach, aber bei ihm klingt all das interessant, und es ist aufregend, jemanden zu erleben, der echte Hoffnungen und Träume hat und einen konkreten Weg, sie umzusetzen.

Langsam kommen wir uns näher. Er ist mein Freund für Whisky und Wein am Sonntagabend. Allmählich zähle ich darauf, ihn zu sehen. Manchmal gehen wir am Wasser spazieren. Wenn er richtig betrunken ist, erzählt er mir, was er bei Frauen am besten findet. Er liebt es, wie sie riechen. Er steht total auf Pheromone. »Parfüm ist mir gar nicht wichtig, obwohl ich es mag. Es ist einfach dieser elementare Frauengeruch, der aus der Haut kommt. Aah, das macht mich verrückt.« Aber er trägt auch selbst tolle Düfte. Wenn es ihm gefällt, wie eine Frau riecht, möchte er ihr auch einen Gefallen tun. Im Sinne von: Danke, dass du so riechst, ich respektiere und bewundere das, also lass mich dir auch was schenken.

Für eine Weile denke ich, dass ich ihn liebe oder zumindest lieben *könnte*, aber irgendwann erwähnt er mal, dass er nie eine Weiße mit nach Hause zu seiner Mutter bringen könnte, beziehungsweise konkreter, dass er nur eine Schwarze mitbringen kann. Er beschwert sich, dass seine Mutter immer versucht, ihm auf die Sprünge zu helfen, dass er mit ihr zur Kirche gehen soll, um ein paar Mädchen kennenzulernen, wo doch die Sonntage ganz klar fürs Laufen am Morgen und Blaubeerpfannkuchen geschaffen sind. Aber es nervt sie, dass er Single ist. Er erzählt mir: »Sie hat gesagt: ›Willst du ein dünnes schwarzes Mädchen? Willst du ein dickes schwarzes Mädchen? Was für ein schwarzes Mädchen willst du denn?‹« Also vergesse ich das mit der Liebe irgendwie, denn wie hart ich auch an mir arbeite, ich werde immer ein weißes Mädchen sein, und obendrein auch noch Jüdin.

Und dann findet er eine Freundin, eine Frau namens Celeste, die super aussieht, hübsch wie ein Model, sahnige braune Haut und einsachtzig groß und schlanke, lange Beine. (Dann lautet die Antwort wohl: ein dünnes schwarzes Mädchen.) Es beeindruckt mich, wie attraktiv sie ist. Im Sinne von: Weiter so, Kevin! Irgendwie würde ich ihn gerne abklatschen. Ich habe definitiv nicht das Gefühl, gegen eine wie Celeste antreten zu können. Ja, klar, ich bin ganz okay, ich sehe ganz gut aus, ich habe große Brüste und eine ganz schmale Taille und schöne Hüften, rund, aber schmal, und dichte Locken zum Reingreifen, und gepflegte Augenbrauen, und rosige Wangen, und ich trage nur Schwarz, und mein Look ist cool und smart, kantig und weich zugleich. Ich bin keine außergewöhnliche Schönheit, aber einer Prüfung halte ich so mittelgut stand. Ich komme schon zurecht. Aber ich sehe die beiden immer, wenn sie vom Joggen kommen, in ihren Sportklamotten, sie mit diesen anbetungswürdigen Zöpfen, einen auf jeder Seite, beide schwitzend und glücklich und verliebt, und dann weiß ich tief im Herzen, dass ich absolut nie mit ihm joggen gehen würde, also bin ich nicht nur eine Weiße, sondern auch noch alles andere als fit. Es würde einfach nicht funktionieren.

Celeste zieht bei Kevin ein, und ich sehe ihn nicht mehr sehr oft. Dann zieht Celeste nach einem Jahr wieder aus, und allmählich sehe ich ihn wieder öfter, aber er hat richtig zu tun an der Dating-Front, weil er schnell über sie hinwegkommen will, also sind sonntags manchmal unterschiedliche Frauen da, obwohl, fairerweise, sonntags sind auch manchmal unterschiedliche Männer bei mir, und Kevin und ich fangen an, uns Nachrichten zu schreiben statt anzuklopfen, weil, man will ja nicht stören. »Mädchen«, so nennt er mich. »Mädchen, was machst du gerade?«, sonntagnachmittags. Manchmal spricht er mich auch direkt so an. Das klingt butterweich und träge, beinahe nach Südstaaten, und ich finde es herrlich, weil ich mich dadurch feminin und gehätschelt fühle, und ich sehne mich nach Zeichen der Zuneigung im Universum, und ich weiß, es ist ein echter Kosename. Und ein bisschen furchtbar finde ich es auch, weil ich inzwischen über dreißig und schon lange kein Mädchen mehr bin, und selbst wenn ich eins wäre, würde es mir, glaube ich, nicht sehr gefallen, »Mädchen« genannt zu werden. Irgendwann beschließe ich aber, dass ich es eher herrlich als furchtbar finde, also lasse ich einfach los.

Als wir eines Sonntags bei mir von dem kleinen Tisch am Fenster aus zusehen, wie die Sonne über dem East River sinkt, und darauf warten, dass die Lichter am Empire State Building angehen, erzählt er mir, dass er die Stadt verlässt. Er muss sich um Häuser kümmern, die er in Philly verticken will, seine Firma hat dort eine Filiale, das Pendeln laugt ihn aus. Er braucht eine Veränderung. Er ist nie über Celeste hinweggekommen. Er hat fast sein ganzes Leben in New York City gewohnt. Er ist es langsam leid, in dieser Stadt ein Schwarzer zu sein. Er fragt sich, wie es wäre, woanders zu sein. Er verspricht, den Kontakt zu halten. Ich spüre, wie ich mich vor ihm verschließe. Das hier ist ein Akt des Verrats: Er war mein erster Freund in diesem Gebäude. Aber was soll er machen – für immer mein Nachbar bleiben? Ich habe all diese Gedanken auf einmal und keinen davon spreche ich laut aus. Ich beschließe, weiterhin mit ihm befreundet zu sein, und das fühlt sich an wie ein Akt der Reife meinerseits, und im Stillen beglückwünsche ich mich. All das vollzieht sich im Verlauf einer Minute, und er weiß gar nicht, wie nah er dran war, dass wir beide geschiedene Leute sind. »Philly ist ja nicht so weit«, sagt er. »Du kannst mich jederzeit besuchen.«

Doch das tue ich nie. Im Gebäude ziehen ständig neue Leute ein und aus. Das Viertel verändert sich. Wo einmal ein heruntergekommenes, industriell genutztes Flussufer war, sind jetzt Läden und Eigentumswohnungen und Radwege und europäische Touristen, die nach dem Weg zu den coolen Sachen fragen, worauf ich dann in eine vage Richtung zeige und sage: »Da lang«, was nicht gelogen ist, aber vielleicht weiß ich gar nicht mehr, was cool ist. Ich werde bald vierzig, oder jedenfalls irgendwann. Ich nutze das Internet, aber das machen alle anderen schließlich auch. Ich bin abgelenkt von der Welt um mich herum und meinen Familienproblemen und meiner glanzlosen beruflichen Laufbahn und davon, dass sich alle Räder weiterdrehen und ich nie gelernt habe, wie man steuert. Ich vergesse Kevin nicht, aber ich muss ihn nicht bis Philadelphia verfolgen. Waren wir nicht bloß Nachbarn, letztendlich?

Trotzdem ist er in meinem Leben. »Mädchen, was machst du gerade?«, schreibt er mir, wann immer er will. Und manchmal bin ich auf der Arbeit und manchmal komme ich gerade aus dem Yogakurs und manchmal bin ich bei einem Date und manchmal bin ich im Museum und wehmütig wegen meiner missglückten Vergangenheit als Künstlerin und manchmal genieße ich mit einer Freundin ein großes, köstliches, teures Abendessen und manchmal gehe ich am Flussufer spazieren und weiche den europäischen Touristen mit ihren Fragen aus und manchmal sitze ich auf einer Parkbank in der Sonne und lese die Zeitung und manchmal bin ich zu Hause und es ist Sonntagabend und ich trinke ganz allein eine Flasche Wein, allein, aber nicht einsam, aber definitiv allein. Und wo ich auch bin, ich schreibe sofort zurück. Weil er es wissen soll. Was ich gerade mache.

Noch mehr Zeit vergeht, wir sind älter, wir sind immer noch solo. Celeste heiratet und bekommt ein Kind, sagt mir das Internet. Einen Monat danach kommt Kevin wegen eines Meetings in die Stadt und taucht später am Abend bei mir auf. »Mädchen«, sagt er, als ich die Tür öffne.

Mädchen.

Er überreicht mir Wein. Eine hervorragende Flasche, Kevin ist jetzt nämlich extrem gut situiert. Ich habe auch eine hervorragende Flasche gekauft, denn ich stehe auch nicht schlecht da, obwohl er mir im Leben weit voraus ist. Ich kann nicht sagen, warum es diesmal anders ist, aber alles ist etwas aufgeladener. Zum Beispiel, dass er mich umarmt und an meinem Hals riecht. Ich glaube gar nicht, dass es Absicht ist. Er ist einfach ein Mann, der an einer Frau riecht.

Dann trinken wir was, und ziemlich bald fängt er an, von seiner Suche nach einer Ehefrau zu erzählen. Er sucht nach wie vor eine, die er mit nach Hause zu seiner Mutter bringen kann, deren geschmackliche Ansprüche nicht geringer geworden sind. Aber er ist, wie er zugibt, einig mit ihr.

»Ich rede jetzt nur über mich und meine Erfahrungen hier. Wenn ich mir überlege, mit wem ich den Rest meines Lebens verbringen will – meines Lebens –, dann mit einer, die dieselbe Hautfarbe hat wie ich, die dieselben Erfahrungen gemacht hat, die weiß, warum ich über die Straße gehe, wenn ich über die Straße gehe, den Kopf einziehe, wegschaue oder geradeaus – weil sie es auch so macht. Genau das will ich«, sagt er. »Für mich.«

»Okay«, sage ich.

»Aber ich finde dich toll«, sagt er.

»Okay«, sage ich.

»Ich könnte dich nur niemals heiraten«, sagt er.

»Mich hat noch keiner gefragt, was ich will«, sage ich. Ob ich heiraten will, ob ich einen Partner will, nichts. Vielleicht will ich gar nicht heiraten, vielleicht habe ich mir mich selbst nie im Hochzeitskleid vorgestellt, kein einziges Mal in meinem ganzen Leben.

»Alle Mädchen wollen das«, sagt er.

Das stimmt natürlich nicht. Ich bin der lebende Beweis, direkt vor seiner Nase. Doch es passiert was Lustiges, wenn man einem Mann erzählt, dass man nicht heiraten will: Er glaubt es nicht. Er denkt, du belügst dich selbst oder du belügst ihn oder du willst ihn irgendwie reinlegen, und am Schluss hat er dich so weit, dass du dich schlechter fühlst, nur weil du die Wahrheit gesagt hast. Aber ich will ihm nicht zustimmen. Also halte ich doch dagegen.

»Ich bin auch hier aufgewachsen«, sage ich. »Mein Vater starb und wir hatten nichts. Wir mussten kämpfen und es war hart.«

»Du bist hier aufgewachsen, aber du bist als Weiße aufgewachsen und an der Upper West Side, und ich als Schwarzer in East New York.«

»Du bist in Park Slope aufgewachsen.« Ich lache.

»Ein bisschen bin ich in East New York aufgewachsen, lange genug, um das nie zu vergessen, und ich habe in Park Slope gewohnt, und ich war in Connecticut auf dem College, und ich habe in Manhattan Jura studiert, und auch wenn ich dort überall nicht gewohnt hätte, bin ich doch nach wie vor ein schwarzer Mann in Amerika, und der einzige Mensch, der überhaupt verstehen kann, wie das ist, ist eine schwarze Frau in Amerika.«

»Hör mal«, sage ich, aber dann fällt mir nichts mehr ein.

»Deine Privilegien sind angeboren«, sagt er. »Das wirst du nie verstehen.«

»Gut, ich verstehe, ich werde nie verstehen«, sage ich, und ich bin nicht wütend, ich will nur, dass er aufhört.

Aufhört, mir was über mich zu erzählen. Auch wenn er vollkommen recht hat, sowohl was mich als auch was ihn angeht, und unsere jeweiligen Wahrheiten.

»Dein Kontext ist anders als mein Kontext«, sagt er.

»Schön, ich weiß«, sage ich.

»Es wird nie derselbe sein«, sagt er.

Er küsst mich trotzdem und es ist absolut spektakulär, weil wir so viel geredet haben und wegen der Spannung, doch auch wenn es den Vorlauf gar nicht gegeben hätte und das jetzt einfach ein stinknormaler Kuss wäre, wäre er toll, weil, unsere Lippen passen wie Schloss und Schlüssel, klick-klick-klick.

Ich schiebe ihn weg. Ich lache ihn aus. »Das ist scheiße«, sage ich. »Raus hier jetzt.«

»Stimmt, du hast recht«, sagt er. Erhobene Hände, demütig.

»Ich meine, raus aus diesem Apartment. Ernsthaft. Ich finde, du solltest jetzt gehen.« Ich bin es gewohnt, dass die Welt meine Gefühle und Absichten ignoriert, aber nicht in meiner eigenen Wohnung. Das ist untragbar.

»Tut mir leid, ich gehe«, sagt er, und tut es auch. Doch fünf Minuten später kommt er zurück und er sagt kein Wort, er kommt einfach rein und küsst mich, und es ist geradezu lächerlich gut. Okay, okay, nimm mich, denke ich. Brich die Ausweglosigkeit einfach irgendwie auf. Und ich sage dir etwas so Offensichtliches nur sehr ungern, aber im Liegen sind wir alle gleich. Darüber hinaus sind er und ich gleich in unserem Verlangen, will heißen, wenn er eine Hand um meinen Hals legt und fest zudrückt, während wir einander in die Augen sehen, erregt mich das so sehr, wie es ihn erregt, und wenn ich eine Hand um seinen Schwanz lege und fest zudrücke, während wir einander in die Augen sehen, erregt ihn das so sehr, wie es mich erregt, und wenn wir einander riechen und einander lecken und uns überall aneinanderpressen, innen und außen, und unsere Augen inzwischen geschlossen sind und wir einander nur spüren, dann sind wir gleich, geradezu bescheuert, wie gleich wir sind, es ist idiotisch, so fühlt es sich an, und dann fühlt es sich allmählich richtig bescheuert an, so, dass wir beide Idioten sind, denn auch wenn es sich fabelhaft anfühlt, sobald es vorbei ist, kommt das Verderben. Er bleibt nicht über Nacht. Er bleibt nicht mal eine *Stunde.* Er wirkt tief bestürzt, und so empfinde ich auch. »Das war falsch«, sagt er. »Ich mache das nicht mehr«, sagt er. *Ich schon*, denke ich.

Und danach sah ich ihn nie wieder. Keine Textnachricht mehr, nichts. Wir ließen einander los. Ich weiß nicht, ob es das wert war. Er fehlt mir. Aber ich wäre nie das gewesen, was er wollte, und er wäre nie das gewesen, was ich wollte. Ich war ein Mädchen, aber nicht sein Mädchen. Er war ein Mann, aber er war nicht mein Mann. Auf diese Weise haben wir unsere Liebe niedergebrannt.

# GRETA

Meine Schwägerin kommt wegen eines Meetings in die Stadt und möchte mit mir zu Mittag essen. Ich habe sie seit anderthalb Jahren nicht mehr gesehen, seit ich meine Mutter bei ihnen in New Hampshire abgesetzt habe. Nicht, dass ich sie meiden würde – ich rufe jeden Sonntag dort an. Ich war nur davon ausgegangen, dass sie eben ihr Ding machten, als kleine feste Familieneinheit im Wald. Früher waren sie alle hier, jetzt sind sie alle dort, und ich bin diejenige, die zurückgelassen wurde.

Wir treffen uns im Balthazar, Gretas Vorschlag. Früher war sie dort ständig, feuchtfröhliche Geschäftsessen zu Mittag, gedämpfte Gespräche nach der Arbeit an der Bar. Ich hatte sie ein-, zweimal auf einen Drink nach diesen Drinks getroffen und die Endphasen solcher Essen mitbekommen, schillernde Medienmädchen, deren Gelächter klimperte wie mit Kristallen gesäumt. Vor ihnen eine leere Flasche Sancerre. Als Schwägerin vorgestellt, zugelassen und ausgeblendet. Dann bekam Greta ein Baby. Das Baby war krank. Kurz darauf ging die Zeitschrift ein. Sie zogen nach New Hampshire. Sancerre gibt es dort auch, ich weiß nur nicht recht, ob er genauso schmeckt. Ich muss sie wohl fragen.

Greta verspätet sich. Die Restaurantchefin platziert

mich auf einer Sitzbank unter einer Wand voller Spiegel, kunstvoll verquere, unregelmäßig zusammengefügte Tafeln. Der Blechplafond über mir ist kalkweiß gestrichen, anmutig kreisen Ventilatoren. Es herrscht ein unablässiger Lärmpegel. Eine Kellnerin kommt. »Ich brauche mit absoluter Sicherheit ein Glas Sancerre«, sage ich zu ihr.

Zu meiner Linken sitzt ein älterer Mann im Maßanzug, mit grauem Haar wie elegant verwehter Schnee. Er blättert im *Wall Street Journal*. Und rechts von mir, zum Fenster hin, sitzt ein schickes Paar. Sie ist viel jünger als er, dichtes braunes Haar, sommersprossige zierliche Nase, schlank, goldene Haut, silberne Halskette unter schwarzem Seidenhemd, vor sich ein Martiniglas. Er im Nadelstreifenanzug, dunkelhaarig und glatt, semitisch, und mit riesiger, teurer Uhr. Zusammen wirken sie niedergedrückt, gedämpft, bekümmert. Neue Freunde findet man hier nicht.

Greta schlängelt sich durch das Restaurant. Sie ist gekleidet wie der Abdruck ihres alten Ichs. Ganz in schwarz, von Kopf bis Fuß. Lange, zarte, baumelnde Goldohrringe, die ihr bis auf die Schultern fallen. Extrem hohe Absätze, die aussehen, als wäre es kein Spaß, sie zu tragen, aber diese Frau weiß, wie man sie trägt. Sie hat beträchtlich zugenommen, doch weil sie anfangs so dünn war, sieht sie jetzt einfach aus wie ein normales menschliches Wesen, mit runden Schenkeln und Hüften und einem Hintern und richtigen Brüsten, die ein bisschen hängen, und ihr Haar ist gesund, üppig, geradezu animalisch. Nur der Pony ist schrecklich.

»Bleib sitzen«, sagt sie, also mache ich das und will ihr über den Tisch ein Kusshändchen zuwerfen, doch wie sich erweist, ist ihr doch nach menschlichem Kontakt, und sie beugt sich ungeschickt über den Tisch, um mich auf die Wange zu küssen und wenigstens irgendwie halb zu umarmen, woraus dann doch nur ein Schulterklopfen wird, denn weil sie sich vorbeugt, fällt mein Wasser um und ergießt sich über den Tisch und meinen Schoß, also hat sich die körperliche Interaktion wohl doch nicht so richtig gelohnt.

»Tut mir so leid! Tut mir echt total leid«, sagt sie. »Macht nichts, ist nur Wasser«, sage ich, während ich mich mit meiner Serviette abtupfe, und ich empfinde so eine seltsame Form von Triumph, denn was immer als Nächstes passiert, beim Lunch habe ich schon gewonnen, oder zumindest hat sie verloren. Nicht, dass diese Mahlzeit ein Wettbewerb wäre, darum geht es nicht. Ich brauche nur das Gefühl, dass ich die Oberhand habe.

Eine Bedienungshilfe kommt und wischt den Tisch ab, und dann schiebt eine Kellnerin Greta die Speisekarte hin. »Bestell dir einen Drink«, sage ich zu Greta. »Sofort.« Sie bestellt dasselbe wie ich und rückt dann ohne Unterbrechung, getrieben von einer unzähmbaren, offenbar fiebrigen Energie, mit dem Grund für ihren Besuch heraus. »Ich habe freie Aufträge angenommen«, sagt sie. »Es ist langweilig, aber es ist Geld, und wenn man nicht vor Ort arbeitet, muss man nehmen, was man kriegt.« Der Wein kommt, und wir bitten um Aufschub bei der Bestellung. »Wir brauchen noch einen Moment für den neuesten Stand«, sage ich. Da sitzen wir, zwei Familienmitglieder, und bringen uns auf den neuesten Stand.

»Die Zeit, in der ich einen interessanten« – Anführungszeichengebärde – »Job hatte, ist wohl vorbei. Gehört das dazu für eine Erwachsene? Dass man nimmt, was man kriegt?« Ich weiß nicht, was es bedeutet, eine Erwachsene zu sein. Beziehungsweise, ihre Version einer Erwachsenen. Sie wartet auf eine Reaktion. »Ach, das war nicht rhetorisch?«, sage ich. »Du willst wirklich wissen, was ich denke?« Sie nickt. »Du tust, was notwendig ist«, sage ich.

Der Kellner ist wieder da und wir schauen beide in die Speisekarte.

»Bestell dir, was du willst. Bestell dir was Gutes. Geht auf mich.« Ich weiß nicht, warum ich das sagen musste. Ich bin sicher, dass hier irgendwas Passiv-Aggressives läuft, aber ich kriege gerade keinen Kontakt zu meinen Gefühlen, oder vielleicht habe ich auch mehrere Gefühle zugleich und es ist zu laut, um die Obertöne zu hören.

»Ich nehme am besten einen Salat«, murmelt sie. »Warum?«, sage ich. »Ich weiß nicht warum«, sagt sie. »Nimm einen Burger«, sage ich. »Wir nehmen Burger«, sage ich zum Kellner. »Cheeseburger«, sagt sie. »Zwei Cheeseburger«, sage ich. »Und noch mal Wein, etwas später.« Greta trinkt ihr Glas aus. »Ich meine, noch mal Wein, jetzt«, sage ich.

Links von mir blättert der reiche Mann seine Zeitung um, faltet sie mittig, studiert eine Tabelle auf dieser Seite ganz genau. Rechts von mir zieht die Frau dem Mann ihre Hände weg, ihr Augen-Make-up ist verschmiert. Die Hände sind glatt, hübsch, völlig schmucklos, mit klarer French-Maniküre. Seine Hände sind zu Fäusten geballt und kräftig. Ich suche nach einem Ring an seinem Finger, wahrscheinlich die nächste Hiobsbotschaft, aber auch seine Hände sind makellos.

»Also bin ich hergekommen, um die Leute zu treffen und zu sehen, ob sie erstens wollen, dass das was Längerfristiges wird, und zweitens, ob ich sie dazu bringen kann, mich schlechter zu bezahlen, oder irgendwie anders, zumindest in diesem Jahr.« Dann folgt eine lange Geschichte über die Einkommensgrenzen für Medicaid und die Herausforderungen, vor denen sie und mein Bruder stehen, seit ihre Zeitschrift eingestellt wurde und sie aus der Krankenversicherung flog, und dass sie in ständiger Angst leben vor, wie es klingt, praktisch allem. Ich telefoniere zwar jede Woche mit ihnen, aber davon war noch nie die Rede, obwohl ich um ihre Kämpfe weiß. Ich bin schließlich nicht blöd. Aber normalerweise plaudern wir einfach, ganz zwanglos. Ich versuche, sie zum Lachen zu bringen. Ich erzähle Geschichten aus der großen Stadt. Was Greta mir heute mitteilt, ist so besorgniserregend wie öde. Dann erwähnt sie, wie gut es ist, dass das Bisschen, was mein Bruder verdient, unter dem Tisch hereinkommt. Darüber müssen wir beide dann lachen –

dass sie einen Musiker geheiratet hat, dass sie aus Liebe geheiratet hat.

Mehr Wein wird gebracht. Ich schreibe meinem Chef eine Nachricht, dass ich für den Rest des Tages zu Hause arbeiten werde, und er schreibt zurück: »Das machst du oft in letzter Zeit.« Und ich schreibe beinahe zurück: »Du auch«, ändere es dann aber zu: »Wie alle anderen auch.« Dann möchte ich ihm schreiben: »Komm schon, tu's einfach, schmeiß mich raus«, als könnte ich kaum erwarten, dass er daraufhin antwortet: »Weißt du was, morgen brauchst du nicht zu kommen«, doch stattdessen schreibt er: »Ja, stimmt«, und die Katastrophe ist abgewendet, aber morgen muss ich trotzdem zur Arbeit gehen, was also habe ich gewonnen?

Mehr von Greta über Medicaid und die Kosten für Medikamente. Unser Essen kommt und ich denke: Das wird der Moment, in dem wir das Thema wechseln. Aber nichts da. Ich haue rein und verschlinge alles. Der Burger ist halb durch, und Cheddar und Fleisch und Brötchen harmonieren, ein Jubelgesang von einer Mahlzeit. Pommes mit Mayonnaise. Ich kann unmöglich noch ein Glas Wein trinken, auch wenn ich nichts anderes will als noch ein Glas Wein. Aber ich habe in letzter Zeit so hart daran gearbeitet, zu wissen, wann Schluss ist. »Wir hätten eine Flasche bestellen sollen«, sagt Greta. »Das wäre sinnvoll gewesen«, sage ich.

Ich suche nach einem unverfänglicheren Thema. Ich wollte, dass sie sich heute amüsiert. »Wie ist New Hampshire?«, sage ich. »Fang bloß nicht mit New

Hampshire an«, sagt sie. »Okay, dann nicht«, sage ich. »Zu spät«, sagt sie.

Gewehrständer, Trump-Plakate in den Vorgärten und keine Buchhandlungen. Wenn sie irgendwohin will, muss sie sich ins Auto setzen. Es fehlt ihr, zu Fuß zu gehen. Deswegen hat sie auch zugenommen. Man geht nicht zu Fuß. Sie ist den ganzen Tag in diesem Haus. Sie fährt eine Dreiviertelstunde zum nächsten Kino, nicht dass sie es sich leisten könnten, ins Kino zu gehen. Sie haben keine neuen Freunde. Sie sind total isoliert. Es gibt nur sie und das Baby und ihren Mann und ihre Schwiegermutter. In New York hatte sie hunderttausend Freunde.

»Es ist aber ganz schön da«, sage ich.

»Ja, du müsstest die Sonnenuntergänge sehen«, sagt sie trocken. »Vielleicht kommst du ja eines Tages tatsächlich mal zu Besuch und siehst einen Sonnenuntergang.«

Jetzt vermisse ich das Thema Medicaid.

Das Paar rechts fängt wieder an, Händchen zu halten. Beziehungsweise, er hält ihre beiden Hände fest. Hält fest und streichelt, aber vielleicht will sie sich ja von ihm befreien?

Mein Telefon vibriert, eine Nachricht von meiner Mutter, die sich in die Situation einbringt. »Amüsiert ihr zwei euch?« »Mom will wissen, ob wir uns amüsieren«, erkläre ich Greta. »Bombig«, sagt Greta. »Soll ich ihr erzählen, dass wir betrunken sind?«, sage ich. »Klar«, sagt Greta. »Wir amüsieren uns und trinken Wein«, schreibe ich meiner Mutter. »Sieh zu, dass sie ihren Zug nach Hause kriegt«, schreibt meine Mutter zurück.

»Und, wie läuft das?«, frage ich Greta. »Mom dazuhaben.« »Ich weiß nicht, was wir ohne sie machen würden«, sagt sie mit eleganter, herzzerreißender Schärfe. »Wir wissen nicht, wie lange Sigrid noch hat«, sagt Greta. »Ich weiß«, sage ich. »Du hast sie eine Weile nicht mehr gesehen, ich wusste nicht, ob du dich erinnerst«, sagt sie, diesmal weniger herzzerreißend, eher aggressiv. »Wie könnte ich vergessen?«, sage ich.

Die Kellnerin räumt unsere Teller ab. Der Mann links vor mir legt seine nun ausgelesene Zeitung auf den Sitz zwischen uns. Er holt einen Stift aus seiner Innentasche und ein kleines Notizbuch. Er klappt das Notizbuch auf, schnipst aber nur mit dem Stift, gedankenverloren, dann unaufhörlich, dann nervenzerrüttend. Ich hatte geschwankt, wie ich ihn fand. Es bestand die Möglichkeit, dass er hochklassig war, ein vornehmes Exemplar. Doch Kulischnipser gehören nicht zu meinen Freunden.

»Ich bin trotzdem erschöpft«, sagt sie. »Von meinem Leben. Aber weißt du was? Immerhin bin ich keine Chefin mehr. Ich habe es gehasst, Chefin zu sein. Wusstest du, dass man als Chefin nie schlechte Laune haben darf? Und dass man sich um die Probleme aller anderen kümmern muss? Und, für mich haben jede Menge tolle Frauen gearbeitet, aber Frauen haben dermaßen viele Probleme, Andrea. In meinem letzten Jahr dort, da war Sigrid schon geboren, und dein Bruder, der auf seine eigene Art ein Baby ist, und all meine Mitarbeiter machten sich Sorgen, dass ihnen die Zeitschrift über dem Kopf zusammenfällt, zusätzlich zu ihrem ganzen andern Scheiß, ich kann dir sagen, dagegen ist das jetzt ein verdammter Erholungsurlaub, wo ich mir nur Sorgen um ein todkrankes Kind machen muss und darum, wie ich ihre Medikamente bezahle.«

Eigentlich höre ich Greta zu, und ich nicke, ich bin zugewandt, aber das Paar rechts von mir bietet jetzt einen echten Thriller. Er hält sich ein Buttermesser ans Handgelenk (bescheuert, zum Totlachen) und sie flüstert hörbar: »Tu's doch, tu's.« Dann haut er auf den Tisch, richtig laut, dass die Gläser wackeln und ihren Inhalt verspritzen. Schließlich fängt sie an zu heulen, und es ist nicht übertrieben, kein richtiges Schluchzen, nur ein klanglicher Ausdruck des Kummers. Der Herr zu meiner Linken beobachtet das amüsiert, taxiert kurz die Frau, rauf und runter, ist sie den ganzen Stress wert, den sie da macht, ist irgendeine Frau so viel Stress wert?

Ich spiele im Team Betrunkene Damen, klar.

Ihr Date unternimmt gar nichts. Du streichelst ihr die Hand, dann lässt du sie weinen, unberührt, ungeliebt, in der Öffentlichkeit. Du Dreckskerl. Dann liebe ich dich eben, denke ich plötzlich. Ich stehe auf, quetsche mich zwischen den beiden Tischen hindurch und tippe der Frau auf die Schulter. Verlaufendes Make-up, flatternde Wimpern, rote Adern, die ihre Augen durchziehen. So habe ich auch schon geheult in der Öffentlichkeit, aber nicht bei Tageslicht, nur abends, in einer dunklen Ecke einer Bar. »Willst du mit mir zur Toilette kommen?«, sage ich. Sie nickt.

Wir durchqueren das Restaurant, meine Hand auf ihrem Rücken führt sie sanft zwischen den Tischen hindurch, am Vordereingang und einer besorgten Chefin und der schönen alten Bar mit an der Wand aufgereihten Weinflaschen vorbei, bis nach unten zur Damentoilette, wo keine von uns beiden pinkeln muss. Ich nehme im Vorraum Platz, während sie sich das Gesicht wäscht, mit einem Handtuch abtrocknet und dann Lippenstift aufträgt. Ihr seidener Rock ist meisterhaft geschnitten, und sie hat eine straffe, sexy Figur, Wespentaille, breite Hüften, schmale Schultern – ein stabil gebautes, wohlgeformtes menschliches Wesen.

»Alles gut, Honey«, sagt sie. »Ich weiß, danach sieht es nicht aus. Er ist einfach verrückt, weiter nichts, wie verrückt und wie besessen verliebt in mich, und das kommt nun mal davon.« Sie hievt sich auf den Tresen, schlägt die Beine übereinander und holt eine Zigarette aus ihrer Handtasche. Rauchen in Innenräumen ist in New York City seit zehn Jahren verboten. »Das kannst du nicht machen«, sage ich. »Ach, wirklich«, sagt sie, und sie zündet die Zigarette an. Sofort will ich einfach hier raus. Ich bin auf dem falschen Dampfer. Aber ich kann nicht gehen. Sie hat nämlich was zu erzählen.

Ihr Name ist Dominique, und sie kommt aus Atlanta, und dort wohnt sie schon seit fünf Jahren nicht mehr, doch weil ihre Eltern dort noch wohnen (die sie tatsächlich »Mommy und Daddy« nennt, und zwar nicht ironisch – für ihre Begriffe heißen die einfach so), wird Atlanta immer ihr Zuhause sein. In New York wird sie nicht ewig bleiben, egal was der Mann da oben sagt, und mit »der Mann da oben« meint sie den Mann, mit dem sie eine Affäre hat, nicht Gott, falls das jetzt irgendwie verwirrend war. Sie hat ein Sommerpraktikum in seiner Unternehmensberatung gemacht, von der ich wahrscheinlich gehört haben dürfte, flüstert sie, und ich sage ihr, dass ich Unternehmensberatungen nicht namentlich kenne, weil das so gar nicht mein Ding ist, und darauf geht sie nicht ein, denn was mein Ding ist, interessiert sie nicht. Dieses Kind. Eigentlich sollte sie nach Hause fahren zur Firma von ihrem Daddy, die sie vielleicht irgendwann erbt, wenn ihr danach ist, aber er lässt sie nicht, der Mann da oben, und so ist sie jetzt schon seit zwei Jahren in New York. Sie bleibt bei ihm, wenn ihr danach ist, sie geht, wann es ihr beliebt. Er ist zu alt für sie. Er hat ihre Eltern nie kennengelernt. Es ist nicht ihr erster Streit und wird nicht ihr letzter sein. »Ihr zwei seid ein Albtraum«, sage ich. »Findest du?«, sagt sie. »Ich dachte die ganze Zeit, ich lebe den Traum.« Sie zündet sich noch eine Zigarette an. Die Restaurantchefin kommt in den Vorraum, und ich gehe. »Sie können hier nicht rauchen«, sagt die Chefin. »Ach, wirklich«, höre ich Dominique hinter mir sagen.

Oben rutsche ich wieder auf die Sitzbank. Der Mann links von mir ist inzwischen weg, die Zeitung hat er zurückgelassen, und der Mann rechts ist am Telefon und schreibt eine Nachricht. Greta hat die Rechnung, und jetzt weint sie. »Ich hab sie schon, keine Sorge«, sagt sie. »Ich zahle sie, nur bring mich hier raus.« Ich schnappe ihr die Rechnung weg. »Greta, nein. Ich werde nicht hier sitzen und mir eine Stunde lang anhören, wie pleite du bist, und dich dann diese Rechnung bezahlen lassen.« »Ach, tut mir ja *so leid*, dass ich pleite bin«, sagt sie. »Verzeih mir, dass ich deine Familie ernähre.« »Das ist nicht meine Familie«, sage ich ohne nachzudenken. »Andrea. Doch«, sagt sie. Sofort bin ich tief beschämt. Ich lege die Hände flach auf den Tisch und stabilisiere mich. »Jetzt wollen wir uns beide erst mal beruhigen«, sage ich. »Okay«, sagt sie. Der Mann rechts von mir bietet an, unsere Rechnung zu übernehmen, und wir fahren ihn beide an: »Maul halten.« Er steht auf und geht.

»Ich habe dir gerade von mir und meinen Problemen erzählt, und du gehst einfach mit einer Wildfremden weg«, sagt sie. »Tut mir leid«, sage ich. »Könntest du einfach aufhören so zu tun, als gäbe es uns gar nicht?«, sagt sie. »Ihr seid doch weggezogen aus der Stadt«, sage ich. »Weil wir mussten«, sagt sie. »Ich hatte keine Ahnung, dass ihr mich braucht«, murmele ich. »Andrea, was glaubst du denn, was in unserem Leben los ist? Siehst du denn nicht, was vorgeht?«, sagt sie. »Bei uns ist einfach Land unter!« Sie ist sauer, sie ist *fuchsteufelswild*. »Und – ich kann nicht für David sprechen, weil, der ist die meiste Zeit auf seinem eigenen Planeten, aber für mich selbst kann ich natürlich sprechen – es verletzt meine Gefühle. All das, *all das*, was wir zusammen durchgemacht haben, du und ich zusammen, und jetzt drehst du dich einfach raus?« »Ich rufe doch an«, sage ich. Sie schnaubt. »Deine Anrufe weiß ich zu schätzen, aber sie reichen natürlich nicht. Du musst dich blicken lassen.« Ich sage: »Okay, na ja, ich dachte nicht, dass das wichtig ist.« »Natürlich ist das scheißwichtig«, sagt sie. »Du bist wichtig für uns. Du bist wichtig für mich.« Sie nimmt meine Hände und drückt sie, und in ihrem Blick sind so viele Emotionen und sie zwingt mich, sie anzunehmen, und vorübergehend ist mir das alles zu viel.

Am anderen Ende des Restaurants lässt ein Kellner ein Glas fallen und es zerbricht. Vereinzelt applaudieren Leute. Die sind bestimmt nicht von hier, denke ich. Kein echter New Yorker würde daraufhin klatschen.

Später rufe ich ein Taxi, das Greta zur Grand Central bringen soll. Mit der U-Bahn wäre sie schneller, aber mir gefällt die Vorstellung, dass sie auf den Rücksitz eines Wagens sinkt, eine Weile allein mit ihren Gedanken ist, ein letztes Mal zusieht, wie die Stadt an ihr vorüberfliegt, denn wer weiß, wann sie wieder herkommt? Sie packt mich, als sie geht, küsst mich fest auf die Wange, sagt mir, dass sie mich lieb hat, dass ich ihre Schwester bin, ob mir das gefällt oder nicht. »Das ist überhaupt keine Frage«, sage ich. »Ich habe dich doch auch lieb.« »Dann komm zu Thanksgiving«, sagt sie spontan. »Ginge das?« Sie setzt sich in den Wagen, wirft mir eine Kusshand zu, sagt, dass ich sie nicht vergessen soll, wenn sie weg ist.

Es verunsichert mich immer für ein paar Tage, mit der persönlichen Wahrheit anderer konfrontiert zu sein. Dann laufe ich herum mit dem Gefühl, dass ich ihr Wesen trage wie einen engen Pullover. Bei Greta ist es ein Neoprenanzug. Es dauert eine Woche, bis ich mich endlich aus ihr herausschälen kann, doch eines Morgens wache ich nackt in meinem Apartment auf, und ich bin wieder ich, und sie ist weg. Keine Greta mehr, denke ich. Keine kranken Babys mehr, keine traurigen Brüder mehr, keine verlorenen Mütter mehr. Sie sind dort und ich bin hier. Ich bin frei. Und dann kaufe ich für Thanksgiving ein Zugticket Richtung Norden, weil sie mir alle so gottverdammt fehlen, und wenn ich sie nicht bald wiedersehe, berühre und mit ihnen rede, überstehe ich dieses Leben nie.

# DIE SCHAUSPIELERIN

Eine Schauspielerin zieht in mein Haus. Ich glaube nicht, dass es auf Dauer ist – ihr Name erscheint nie auf dem Feld neben der Klingel –, aber es ist ein längerer Aufenthalt. Sie ist immerhin so berühmt, dass ich ihr Gesicht erkenne und weiß, ich habe sie schon mal im Kino gesehen, aber nicht so berühmt wiederum, dass ich mich an ihren Namen oder den Filmtitel erinnern könnte. Zumindest erinnere ich mich an das Kino: Lincoln Square. Ich habe den Film in meinem ersten Jahr an der Highschool mit der ganzen Familie gesehen, ein paar Monate vor dem Tod meines Vaters an einer Überdosis Heroin. Er verschlief weite Strecken des Films. Er schnarchte, und meine Mutter tippte ihn an, schubste ihn und schlug schließlich nach ihm, damit er aufwachte. Also sagt es nichts über das Ausmaß der Begabung dieser Schauspielerin aus, dass ich mich an ihre Darstellung nicht erinnern kann. Mein Vater war einfach besser.

Sie ist leicht dunkelhäutig, die Schauspielerin, ich glaube indischer Abstammung, aber mit französischem Einschlag. Sie ist acht Jahre älter als ich und sieht mindestens ein paar Jahre jünger aus. (Wer mag so etwas wirklich beurteilen, aber ich entscheide mich eben dafür, also mache ich es einfach.) Sie hat mandelförmige honigfarbene Augen mit Sonnensprenkeln darin. Ihr Haar ist lang und schwarz und gewellt, wirre, lässige Locken. Sie kleidet sich lässig im Sommer, lange, fließende Röcke und überdimensionale Strohhüte, und im Herbst trägt sie winzige Bikerjäckchen zu engen schwarzen Jeans und im Winter trägt sie lange, gut geschnittene Wollmäntel von europäischen Designern. Die Schuhe, die sie trägt, sind immer toll.

Die Schauspielerin wohnt in einem Apartment im obersten Stock, eins von den neu renovierten, mit Balkon und Blick auf den Fluss und die Stadt dahinter. Der ständige Bewohner dort ist ihr Lover, ein Deutscher mit blondem Haar und dichten Koteletten und attraktiven, in sein Gesicht gemeißelten Falten, tausend Geschichten zu erzählen, und alle wohnen in seiner Haut. Die beiden halten Händchen in der Öffentlichkeit, im Aufzug, auf dem Gehweg, im zweitnächsten Café, aber nie auf dem Bahnsteig in der U-Bahn, dort checken sie nämlich ihre Telefone.

Ich bin praktisch besessen von ihr. Schon klar, »besessen« ist ein überbeanspruchtes Wort, aber wie würdest du das hier nennen:

— Jeden Tag schaue ich in den Raum, wo die Post gelagert wird, ob sie irgendwelche Pakete bekommen hat, und wenn ja, dann woher. Dabei ist mir Folgendes aufgefallen:
— Sie ist eine Shopperin. Sie shoppt viel. Ich hätte mir eher vorgestellt, dass sie in einer schicken Boutique,

die einer Freundin gehört, vor dem Spiegel herumwirbelt und kichert und Champagner trinkt, aber sie ist wie alle andern auch – sie kann sich nicht aufraffen.

– Manchmal kommen Pakete von ihrer Filmagentur. Irgendwann während ihres Aufenthalts hat sie wohl die Agentur gewechselt.

– Drei von einem Kind handverzierte Pakete sind aus Los Angeles gekommen. Alle zeigen Strandszenen, Palmen, das Meer, und für die Farbe der Wellen wurden alle erdenklichen Blauschattierungen verwendet. Auf diesen Paketen läuft sie unter »Mrs.«.

Außerdem habe ich ein Google-Alert auf ihren Namen eingerichtet, und ich checke oft ihre IMDB-Seite. Und ich folge ihr auf Twitter, wo sie nur ein paar Tausend Fans hat, und ihre Tweets deuten darauf hin, dass sie für ihren Account gar nicht zuständig ist, sondern dass irgendeine Marketingfirma einfach Links zu den neuesten Neuigkeiten über sie twittert, die ich *längst kenne*. Trotzdem entfolge ich ihr nicht, denn was ist, wenn ich etwas verpasse?

*Und* ich bin ihr auf der Straße ein paarmal nachgelaufen. Es war immer Zufall, am Anfang zumindest: Wir kamen zufällig beide zur gleichen Zeit aus dem Haus und hatten irgendwie dieselbe Richtung, doch dann blieb ich länger dran, als ich musste, und bog nicht zur U-Bahn oder zur Brücke oder zur Fähre ab, nur um zu sehen, wo sie hinwollte. Einmal ging sie einen Saft trinken. Es gab ein paar Ausflüge ins Café. Einmal, glaube ich, wollte sie nur powerwalken, weil sie immer weiter und weiter ging. Das war die Geschichte, wo ich eine halbe Stunde zu spät zur Arbeit kam.

Ich meine – das ist entweder praktisch Besessenheit oder vielleicht auch nur ein hohes Maß an Interesse.
  Aber was ist damit:

Bei meiner Kollegin Nina, die sechsundzwanzig Jahre alt ist, erwähne ich beiläufig, dass die Schauspielerin in mein Haus gezogen ist, und sie sagt: »Ist die nicht alt?«, und ich bin daraufhin sauer auf Nina, obwohl ich ihr das nie erzähle, und ich rede zwei Tage lang nicht mit ihr, bis sie schließlich merkt, dass ich auf ihre Fragen kaum reagiere, und mich fragt, ob ich sauer auf sie bin, und ich sage: »Nein, wie kommst du denn darauf?« Und dann bringt sie mir aus der Mittagspause einen Cookie mit und ich verzeihe ihr im Stillen.

Ist das irgendwie Liebe oder so?
  Oder das hier:

Ich habe mir ihre Pakete genauer angesehen und dabei rausgekriegt, woher sie ihre fabelhaften Schuhe hat, und ich kaufe ein Paar, das gleiche Paar, wie sie es auch hat, aber natürlich kaufe ich sie in einer anderen Farbe, ihre sind braun und meine sind schwarz, und sie sind sehr teuer und ich schlucke, als ich auf »Jetzt kaufen«

klicke, bin aber sicher, dass es das wert ist, und dann
trage ich sie ein paar Wochen lang jeden Tag, manchmal
nur, wenn ich aus dem Haus gehe oder hinein, und
wechsle dann, wenn ich auf der Arbeit bin, damit ich
nicht jeden Tag dasselbe trage, und das mache ich in der
Hoffnung, dass sie die Schuhe irgendwann auch tragen
wird und dass wir dann gleichzeitig im Aufzug stehen –
was eindeutig an die Grenzen des Timings geht. Aber es
klappt tatsächlich, innerhalb von drei Wochen nach
meinem Schuhkauf, an einem Freitag, ist sie da, und ich
auch, mit unseren Lacklederslippern, ich auf dem Weg
hinauf in den fünften Stock, sie auf dem Weg in den elf-
ten, und ich zeige darauf und sage: »Schauen Sie«, und
sie schaut, und ich sage: »Zwei Seelen, ein Gedanke«,
und sie nickt, und nickt weiter, und dann sagt sie: »Ich
hätte beinahe die schwarzen genommen, aber ich fand,
ich habe schon zu viel Schwarz.« Sie neigt den Kopf, in
Gedanken an ihren Kleiderschrank, nehme ich an. »Ja,
zu viel Schwarz.« Und dann kommt mein Stockwerk
und ich steige aus, weil ich ihr nicht bis nach Hause folgen kann. Das wäre zu viel. Aber ich hatte das Gefühl,
mehr Gespräch wäre drin gewesen. Ich meine: Wir hatten die gleichen Schuhe.

Ist das irgendwie Verknalltheit?
    Oder das hier:

Nach der Arbeit gehe ich mit Nina zu einer Ausstel-
lungseröffnung. Ich bleibe nicht lange, es ist nämlich so

ein Tag, an dem es mir schwerfällt, Kunst zu sehen. Manchmal fällt es mir schwer, weil es so viel grottenschlechte Kunst gibt und ich merke, dass alles eine Lüge ist, dass der Künstler lügt, und dann fange ich an, das Werk oder den Künstler für diese Verschwendung meiner Zeit zu hassen. Und manchmal fällt es mir schwer, weil die Kunst, die ich da erlebe, so gut ist, dass klar hervortritt, was ich dagegen mit meinem Tag anfange, und da das weitgehend wertlos ist, abgesehen davon, dass ich Geld dafür kriege, bin ich auf meine Weise eine schlechte Künstlerin. Heute ist die Kunst grottenschlecht. Ich stürze zwei Gläser Wein hinunter, und dann trinke ich noch eins, während ich vor der Toilette Schlange stehe, und dann gehe ich, ohne mich von Nina zu verabschieden, ich sende ihr nur eine Nachricht, bevor ich in die U-Bahn steige, und als ich zu Hause ankomme, hat sie zurückgeschrieben: »Ich war zuerst weg.«

Als ich in meinem Haus in den Aufzug steige, höre ich eine leise, aber männliche Stimme, die mich bittet, die Tür aufzuhalten. Es ist der Deutsche. Ich beschließe, mich mit ihm anzufreunden, auch wenn die Schauspielerin kein Interesse an mir hat. Das ist eine weitgehend unschuldige, etwas flüchtige Geste. Im Kopf denke ich, dass ich schließlich nur freundlich bin. Er trägt ein Denimhemd mit aufgekrempelten Ärmeln und schwarze Jeans und sein Haar ist näher an Grau als an Blond. Jetzt wird mir klar, dass ich ihn prüfend betrachte und nicht sie. Sein Gesicht: noch immer ansehnlich. Ich sage Hallo und er sagt Hallo und fragt mich, wie mein Tag war, und ich sage: »Ach, diese Stadt, man schlägt sich so durch«, und ich tue so, als wäre ich ein Boxer und teile Hiebe aus und das bringt ihn zum Lachen. Ich frage ihn nach seinem Apartment. Ich erzähle ihm, dass ich schon lange in dem Gebäude wohne und weiß, im obersten Stock ist viel gearbeitet worden, und dass ich neugierig bin, wie er es findet. Ich erkläre nicht, woher ich weiß, dass er im obersten Stock wohnt, und er fragt nicht danach. Wir sind Nachbarn, ich habe ihn gesehen, er hat mich gesehen, ich bin die Frau, die sich so durchschlägt – wir sind schon fast befreundet. Er fragt mich, ob ich das Apartment sehen will, und ich sage: »Jederzeit«, und er sagt: »Klar, dann komm doch gleich mit rauf!« Mir fällt kein Hinderungsgrund ein. Zu Hause wartet nichts auf mich außer meinem Kühlschrank, meinem Laptop und dem Tod.

Ich fahre im Aufzug mit ihm bis in den obersten Stock. Ich frage mich, ob sie wohl da ist. Ich halte den Atem an, während er die Wohnungstür öffnet. Das Apartment der beiden ist spektakulär. Das Apartment von jemandem, der reich ist. Der reich ist und Geschmack hat und es außerdem minimalistisch mag. Es gibt allerhand schmucklose Möbel, aber jedes Stück sieht teuer aus, die europäische Lacklederslipper-Entsprechung in Möbeln. Ich betrachte die Fußböden und die Fenster – deswegen bin ich ja angeblich hier. Seine Fußböden sind gefliest, seine Fenster sind neu, eine Schiebetür führt auf die Terrasse. Im Badezimmer gibt es eine Wanne, während ich nur eine alte, fleckige

Plastikkabine habe. Alle Armaturen glänzen. »Es ist sehr teuer, hier zu wohnen, aber in dieser Stadt ist Wohnen überall sehr teuer. Nicht wie in Berlin«, seufzt er. »Was ist schon wie Berlin«, seufze ich zustimmend. (Ohne dort je gewesen zu sein.) »Tja«, sagt er. »Du bist hier, ich bin hier, was sollen wir machen?« »Wie meinst du das?«, sage ich. Ja, wie *meint* er das? »Willst du was trinken oder so?«, sagt er. »Wir sind Nachbarn. Wir lernen einander jetzt kennen.« Doch mir wird klar, dass ich gar nichts über ihn wissen will. Ich bin nur an ihr interessiert. Er ist das Teil, das sie am Arm hat. Ich trinke trotzdem ein Glas mit ihm, aus reiner Höflichkeit, und wir stehen auf der Terrasse und blicken über die Stadt und er legt seine Hand auf meine Taille, na ja, die untere Taille, und dort darf er sie kurz liegen lassen, weil die Bitch im Aufzug wegen meiner Schuhe nicht nett genug war.

Oder ist es vielleicht Eifersucht?
    Aber was ist damit:

Einige Wochen später, es regnet. Sommerregen, unerwartet, aber ein Wetter, gegen das kein vernünftiger Mensch etwas hat. Funkelnde Tropfen, die Haare in weichen, feuchten Locken, nasse sexy Haut. Ich lache, während ich durch den Regen renne. Es war ein langer Abend auf der Arbeit, eine Deadline, die mir egal war, aber ich habe sie eingehalten, es ist geschafft, und ich bin ganz benommen und aufgekratzt. Jetzt muss ich nie wieder über dieses Projekt nachdenken. Vielleicht hatte ich ja nun auch zum letzten Mal so ein Projekt. Ich stelle mir vor, wie ich meinen Job kündige. Ich stelle mir ein neues Leben für mich vor. Der überraschende Regen sorgt dafür, dass ich mir eine andere Zukunft ausmale.

Einmal war ich schwanger, habe ich dir das erzählt? Es war kein richtiges Baby, es war erst ein paar Wochen alt, noch kaum geformt, ein Entwurf, und dann war da kein Leben mehr. Ich hatte nicht mal von der Schwangerschaft gewusst. Ich kann dir nicht sagen, wer der Vater war, einer von dreien kam infrage. Damals war ich Ende zwanzig, eine noch haltlose Zeit in meinem Leben, haltloser als jetzt. Es kommt vor, dass ich weine, wenn ich an dieses verlorene Baby denke. Nicht, weil ich jemals ein Baby wollte. Wenn man allein an die Komplikationen denkt, langfristig, kurzfristig, ich wusste ja nicht mal, wer der Vater war. Berechnungen dieser Art will ich gar nicht anstellen. Aber ich weine trotzdem, weil es ein Weg war, den ich hätte einschlagen können, und es nicht tat. Ich weine um den verlorenen Gedanken, den verlorenen Entwurf. Manchmal weine ich auch darum, wer ich als Künstlerin war und wie mein Leben hätte sein können, hätte ich nur weitergemacht. Ich weine um meine verlorenen Identitäten. Ich weine um meine Möglichkeiten.

An diesem Abend renne ich also im Regen herum und ich bin aufgekratzt und glücklich und ein bisschen aufgeweicht, während ich mir ein anderes Leben vorstelle, eins, in dem ich meinen Job kündige, und ich zerbreche mir total den Kopf mit Überlegungen, was dann kommt: Fahre ich mein Leben für ein Jahr herunter und reise nur, bis ich es weiß, ziehe ich in den kleinen Ort in New Hampshire zu meiner Familie und bleibe bei ihnen, bis meine kranke Nichte stirbt, leiste ich ehrenamtliche Arbeit und helfe, den Planeten zu verändern, höre ich auf, so narzisstisch zu sein, finde ich Gott, findet Gott mich, sitze ich jeden Morgen still da und spüre der Erdrotation nach und atme tief, bis ich ruhig bin und glücklich und zentriert und imstande, *zufrieden* zu sein?

Und als ich nach Hause komme, sitzt sie da, die Schauspielerin, auf der Vordertreppe des Mietshauses, eine feuchte Zigarette in der Hand, zerwühltes Haar bis auf die Schultern, verlaufendes schwarzes Augen-Make-up, kinotauglich wie Sau. Sie ist barfuß. Sie lächelt nicht, sie hat keine Freude an diesem Regen. Vielmehr zittert sie, nicht weil sie friert, sondern weil sie am Boden zerstört ist.

Ich gehe an ihr vorbei und die Treppe hoch, schließlich sind wir im Kriegszustand, und außerdem steht es mir nicht zu, mich an ihrer Beschämung zu weiden. Dann denke ich: Dieser Kriegszustand ist Einbildung, und du hast dich schon genauso geschämt. Ich drehe mich um und gehe die Treppe wieder runter und schaue ihr ins Gesicht, frage sie, ob alles okay ist. »Ich weiß nicht, ist bei irgendwem irgendwas okay?«, sagt sie. Sie macht die Anführungszeichengebärde. Ich lache. Sie ist schrecklich. Sie und ihr deutscher Freund sind grauenhaft. Sie ist eine schreckliche Schauspielerin. Aber schön ist sie trotzdem, und das sage ich ihr. Ich sage: »Ich wollte dir schon immer sagen, du siehst fantastisch aus.« Und man sollte meinen, das ist ihr egal, jetzt, wo sie gerade irgendwas durchmacht, weil man durch Schönheit eben doch nicht alles schafft, und dann heult man im Regen wie alle anderen auch, aber nein, es ist nach wie vor wichtig, ihr Aussehen definiert sie, und ihre Miene hellt sich auf, weil sie sich freut, erkannt zu werden, bewundert zu werden. Durch mich geht es ihr besser, und ich bin entzückt.

Also, was ist das jetzt – ist das praktisch besessen oder ein hohes Maß an Interesse oder platonische Liebe oder Eifersucht, oder ist es einfach Mitmenschlichkeit, dass ich die Hand ausstrecke und bei dieser Frau andocken will, dieser Schauspielerin, diesem Menschen, damit sie sich gesehen fühlt, damit sie sich erkannt fühlt?

Ich lasse sie dort sitzen und steige im Haus in den Aufzug. Überall tropft es an mir, alles an mir schmilzt. Auch ich will wahrgenommen werden, merke ich. Ich will, dass jemand mich sieht. Und wenn ich wieder anfange mit der Kunst? Wenn ich es einfach tue? Das liebe ich am meisten, das fehlt mir am meisten. So lange habe ich geglaubt, ich könnte nie wieder aufholen, aber jetzt wird mir klar, es gibt nichts aufzuholen, es gibt nur das, was ich zu machen beschließe. Es ist immer noch Zeit, denke ich. Ich habe noch so viel Zeit.

## ZIEMLICH ERWACHSEN

1988, meine Mutter telefoniert in der Küche mit ihrer besten Freundin Betsy, und ich bin im Wohnzimmer und belausche sie. Ich bin dreizehn Jahre alt, aber ich bin ein Stadtkind, also finde ich, ich bin ziemlich erwachsen und kann durchaus wissen, was bei mir zu Hause läuft.

Sie redet über meinen Vater, klar. Er ist Jazzmusiker – er kann sämtliche Instrumente spielen, echt erstaunlich – und arbeitet Teilzeit als Souschef in der Abendschicht, und anscheinend hat meine Mutter Probleme mit seinem unberechenbaren Zeitplan. »Ich kann ihn nicht die ganze Zeit im Auge behalten«, erklärt sie Betsy. »Was soll ich denn machen, ihm nachlaufen?« In letzter Zeit ist er viel unterwegs. Irgendwann sollte er mich mal zur Schule bringen, doch wir entdeckten alle gleichzeitig, dass er in der Nacht zuvor nicht nach Hause gekommen war, und dann kam meine Mutter zu spät zur Arbeit und war ganz verheult und wütend und hielt mich zu fest an der Hand und ihr Augen-Make-up sah beschissen aus und alles war das reinste Chaos. »Ich muss den ganzen Tag arbeiten«, sagt sie. Meine Mutter hat einen Job bei einer Aktivistengruppe. Sie ist Organisatorin. Der Einzige, den sie nicht organisieren kann, ist mein Vater. »Er macht eben, was er will.« Mein Bruder ist mit seiner eigenen Band auf Tour und meine Mutter hat Kummer und die Schule ist tödlich, abgesehen von meinem Kunstunterricht, und ich mache mir Sorgen um meinen Vater. Also beschließe ich, ganz allein, meinem Vater zu folgen. Ich werde der Sache auf den Grund gehen.

Am nächsten Morgen wache ich auf und kleide mich geheimspionmäßig ganz in Schwarz. Meine Mutter beäugt mich und fragt, ob ich deprimiert bin, und ich sage: »Nein, ich bin nur cool.« Ich esse Haferbrei, packe meine Bücher in den Rucksack, werfe ihn mir über die Schulter. Mein Vater hält mich an der Hand und bringt mich zur Schule, wobei wir vorsichtig die Abfallhaufen auf der Straße umgehen. Es ist kalt, hat aber noch nicht geschneit, nächste Woche vielleicht. Er ist abwesend, aber er lächelt mich an, umarmt mich zum Abschied, sagt, ich soll mein Bestes geben. Ich gehe rein, lungere im Türdurchgang. Ich sehe, wie er sich auf den Weg macht. Niemand in meiner überfüllten Schule merkt oder interessiert sich dafür, dass ich wieder nach draußen gehe. Es fühlt sich normal an. Es fühlt sich richtig an. Ich behalte ihn im Auge. So was Aufregendes habe ich noch nie im Leben gemacht. Es ist verboten und illegal und ich könnte Probleme kriegen. Herrlich.

Er trägt eine Sonnenbrille in Neonorange, die er letzten Sommer an St. Marks Place gekauft hat, zusammen mit drei weiteren, eine für mich, eine für meine Mutter, eine für meinen Bruder. Ich nahm Rosa, meine Mutter nahm Lila, und mein Bruder nahm Schwarz, weil, der ist wirklich cool. Außerdem trägt mein Vater Kopfhörer. Er zündet sich eine Zigarette an. Er ist versunken in seine kleine Welt. Der Tag gehört ihm bis zu seiner Abendschicht.

Ich folge ihm zur Station 86th Street und bleibe unterwegs einmal stehen, als er sich bei einem Straßenverkäufer einen Kaffee holt. Der Bahnsteig in der U-Bahn ist knüppelvoll, perfekt für ein Mädchen, wenn sie sich verstecken und ihren Vater beobachten will. Wir nehmen den C-Train downtown. Er nickt langsam mit dem Kopf, er lächelt in sich hinein. Da ist mein Vater, glücklich, allein mit seiner Musik. Und das macht auch mich glücklich. So sehe ich ihn gern. Aber auch, weil ich das Gefühl habe, ein Geheimnis des Lebens zu erfahren.

West 4th steigt er aus, ich auch und folge ihm zu einem Townhouse in einer kleinen Seitenstraße. Er klingelt. Er ist drin. Ich segle heran. Ich spähe durch die Tür. Ich gehe weiter. Ich werfe an der Ecke Anker. Ich warte eine halbe Stunde, aber er kommt nicht raus. Ich warte noch eine halbe Stunde. Während dieser Zeit fechte ich mit mir selbst einen Streit über das Für und Wider aus, selbst an der Tür zu klingeln. Ich werde Probleme kriegen, weil ich die Schule schwänze. Aber wenn ich was sehe, das ich nicht sehen will, und es dann nicht *ungesehen* machen kann? Oder wenn mein Vater in Schwierigkeiten ist? Und wenn ich ihm helfen könnte? Außerdem bin ich dreizehn und ein ungeduldiger, neugieriger Geist und mir wird kalt und ich muss pinkeln. Ich überquere die Straße und klingele.

Ich warte weitere fünf Minuten, ich klingele noch mal an der Tür. Ich höre jemanden brüllen: »Herrgott.« Schließlich schlurft ein Mann in Bademantel und gestreiftem Seidenpyjama durch den Flur. Er sieht verstaubt aus, blass, gewaltiger Körperbau, sodass er dick wirkt oder zumindest füllig, aber der Mann hat nicht viel auf den Rippen: Er sieht hungrig aus. Trotzdem hat er ganz tolle Sachen an sich, zum Beispiel diesen fantastischen zimtfarbenen Haarschopf, und auch seine Augen sind die perfektesten grünen Augen, die ich je gesehen habe, das Grün scheint kristallisiert zu sein, und mit denen hält er mich fest, ich bin sein, ich bin in seinen Augen. Dann schützt er sie vor dem weißen Winterlicht hinter mir. »Was willst du?«, fragt er. »Verkaufst du Pfadfinderkekse oder was?« Er reibt sich den Bauch. »Tja, also, so ein paar Thin Mints würde ich jetzt glatt verdrücken.«

In diesem Moment erkenne ich seine Stimme: Er spricht eine der Hauptrollen in einer Zeichentrickfilm-Trilogie, die ich als Kind gesehen habe. Er spielte dort eine boshafte sprechende Katze, den Kumpan eines heroischen sprechenden Hunds. Die Geschichte war ziemlich simpel – die beiden erlebten Abenteuer auf der ganzen Welt. Das Gesicht des Schauspielers kenne ich nicht so gut wie seine Stimme, weil seine anderen Filme für Erwachsene sind, obwohl, letztes Jahr habe ich ihn bei der Oscarverleihung gesehen, die ich mit der ganzen Familie bei einer Schale Popcorn anschaute, an diesem Abend kamen alle miteinander aus, mein Vater klaren

Blicks und präsent, meine Mutter zufrieden. Diesem Mann hatte er applaudiert, als sein Name verkündet wurde, und wir starrten alle meinen Vater an und er sagte: »Was? Das ist ein super Film.« Und da steht er nun. Direkt vor mir.

»Ich suche meinen Daddy«, sage ich und rutsche aus dem Erwachsenenland. Ich nenne seinen Namen. »Ist er hier? Ich hab ihn hier reingehen sehen.«

»Oh, Mist«, sagt der Schauspieler. »Okay. In Ordnung. Mist.« Er späht nach draußen, schaut in beide Richtungen. »Los, komm rein, steh nicht da draußen rum.« Ich trete ins Haus. Überall um mich herum glänzendes schwarzes Holz. »Aber bleib hier.« Er hält mir den Zeigefinger vors Gesicht, als wäre ich ein Hund. »Bleib.« Er geht den Flur entlang in einen Raum, der aus der Ferne nach Küche aussieht, biegt dann nach links ab und ist weg.

Es gibt ein Bücherregal mit gerahmten Bildern des Schauspielers und anderer Leute, darunter auch berühmte. Es gibt ein Bild von ihm auf einem Boot mit drei anderen Männern, und alle haben sie Sonnenbrand, und vor ihnen steht ein Kühler mit Eis und Champagner darin. Es gibt ein Bild aus einer anderen Ära, den Vierzigern vielleicht, und es zeigt eine junge, hübsche, streng wirkende Frau mit akkurater, hochgekämmter Lockenfrisur. Es gibt die Stofftierversion der Katzenfigur, die er gespielt hat, ein Auge ausgebrannt von einer Zigarette. In mir wallt der Gedanke auf, diesem Mann etwas zu stehlen, worauf ich im Leben nie zuvor gekommen wäre, aber jetzt ist alles möglich, alles verschwimmt. Ich könnte jedes bestehende Gesetz sowohl brechen als auch durchsetzen.

Ich höre, dass nebenan etwas kracht. Dann frage ich mich: Wieso stehe ich noch hier? Nur, weil er es gesagt hat? Ich höre auf niemanden. Ich mache meine Regeln selbst. Ich gehe den Flur entlang in die Küche, die doppelt so groß ist wie meine Küche, und alles ist neu und funkelt und glänzt, und dann wende ich mich nach links und trete in einen Nebenraum, wo ich meinen Vater sehe, der über einer zerbrochenen Lampe kauert. Ein Fernseher läuft, ohne Ton, und Jazzmusik spielt. *Free Jazz* von Ornette Coleman.

Ich erkenne das Album, mein Vater hat mich nämlich geschult, was seine Lieblingsmusik betrifft. Er hat das Originalalbum aus seiner Kindheit, das mit *The White Light* von Jackson Pollock auf dem Innencover. Vor ein paar Monaten, als sich mein Kunstlehrer an meine Eltern gewandt und ihnen erklärt hatte, ich sei wirklich begabt und sie sollten darauf hinwirken, dass ich mich an einer Magnet-Kunstschule bewerbe, hat er es mir vorgespielt. »Für manche Leute ist dieses Album perfekt und andere Leute finden es grässlich. Für mich ist es perfekt«, hatte er mir erklärt. Dann ging er mit mir ins MoMA und zeigte mir das leibhaftige Pollock-Gemälde. Er sagte: »Unsere Welten überschneiden sich, Andrea.« Ich liebe meinen Vater wahnsinnig.

Der Schauspieler sagt: »Weißt du, das hier, na ja, also das verdirbt mir jetzt richtig den Tag, Mann. Ich wollte mich einfach entspannen.« Vor ihnen auf dem niedrigen Couchtisch liegen Nadeln und Gummischläuche und ein Haufen kleine Plastiktüten. Im Grunde nichts als Drogen überall. Ich japse leise, und beide drehen sich um.

»Honey«, sagt mein Vater. Er kämpft immer noch mit der Lampe. »Lass doch, morgen kommt die Haushälterin, ist schon gut«, sagt der Schauspieler. »Das Ding ist nichts wert und ich konnte es sowieso nicht ausstehen.« »Was machst du hier?«, sagt mein Vater. »Ich bin dir gefolgt«, sage ich. »Ich hab mir Sorgen um dich gemacht.« Beide Männer ächzen angewidert.

Dann klingt der Schauspieler ganz freundlich. »Wir müssen ja jetzt nichts Schlimmes aus der Geschichte machen, wo du doch so ein nettes Kind bist, Andrea.« Er weiß, wie ich heiße, was mich überwiegend begeistert. »Arthur, vielleicht ist es das Beste, wenn ihr beide jetzt geht.« »Natürlich«, sagt mein Vater. »Tut mir leid, dass ich es vergeigt hab, Mann.« Der Schauspieler bringt uns hinaus. »Morgen muss ich an die Küste, aber in ungefähr einem Monat bin ich zurück. Dann melde ich mich bei dir.« »Ja, lass von dir hören.« Sie umarmen einander. Der Schauspieler tätschelt mir den Kopf und sagt dann: »Es ist nicht nett, Leuten nachzuspionieren, aber ich lobe dich trotzdem für deine detektivischen Fähigkeiten.« Die Tür fällt zu. Das ganze Ding dauert zwei Minuten.

»Na gut, du«, sagt mein Vater wacklig und setzt seine Neonsonnenbrille auf. »Schaffen wir dich zurück zur

Schule.« Natürlich muss ich ihn führen, so, wie er schlurft. An der Ecke bleibt er stehen und legt beide Hände auf meine Schultern, als wollte er etwas sagen, doch eigentlich ruht er nur aus. »Würde Kaffee helfen?«, frage ich ihn. »Kann sein«, sagt er. »Auf jeden Fall wärmt er uns auf.« Wir kaufen Kaffee bei einem Straßenverkäufer an der West 4th Street, wobei mein Vater in seiner Tasche nach dem passenden Kleingeld gräbt. Wir beide mögen unseren Kaffee gleich, leicht und süß. »Ich weiß nicht mehr, ist Kaffee schlecht für jemand in deinem Alter?«, sagt er. Er spricht schleppend. »Hemmt er jetzt dein Wachstum?« »Ein Becher bringt mich nicht um«, sage ich.

Und dann wirkt der Kaffee irgendwie. Er macht ihn nicht wieder so richtig nüchtern, das nicht unbedingt. Aber er belebt ihn. Auf einmal hat er *Ideen*. Wir sind am Bahnsteig und warten auf die Bahn Richtung uptown, und er will mir alles, was er weiß, auf einmal erzählen. Mein Vater hat Weisheit zu vermitteln. Und ich glaube alles, was er sagt, weil es so dringlich und wichtig klingt. Er glaubt es, und er ist mein Vater, also muss es stimmen.

»Folgendes erzählen sie dir, Andrea. Sie erzählen dir, dass du erwachsen wirst, du findest einen Job, du verliebst dich, du heiratest, du kaufst ein Haus, du kriegst Kinder, und wenn du das alles machst, darfst du eine Erwachsene sein. Du willst in diesen Club? Genau so macht man das. Genau so geht's. Das ist der Weg.«

Wir steigen in die Bahn. Die Hauptverkehrszeit ist

vorbei – wir finden einen Sitzplatz. Wir wenden uns einander zu. Er hat ein paar Zahnlücken. Meine Mutter zwingt uns, jeden Abend Bürste und Zahnseide zu benutzen.

»Doch das lässt einen Haufen Dinge außen vor. Hast du zum Beispiel gewusst, dass man sich im Leben in mehr als einen Menschen verlieben kann? Die Jungs werden verrückt nach dir sein, das weiß ich.« Er streicht über mein Haar bis zu den Schultern. »Oder vielleicht liebst du auch niemanden. Du könntest einfach niemanden lieben und das wäre auch okay, obwohl das Leben dann einsam ist und du es anders leichter haben könntest. Aber du kannst nicht etwas sein, das du nicht bist. Das geht nicht.«

Ich nicke, aber von Liebe weiß ich noch nichts. Einfach nur Mom und Dad und mein Bruder, das ist Liebe. Freunde sind Liebe. Von *Liebe* im Sinn von Liebe weiß ich nichts.

»Und hast du gewusst, dass die meisten Jobs die reinste Hölle sind? Und hast du gewusst, dass die Regeln allesamt nicht besonders gut funktionieren, wenn du in irgendeiner Form Künstler sein willst? Und hast du gewusst, dass es leichter ist, ein Erwachsener zu sein – ihre Form von Erwachsensein –, wenn du in Freiheit lebst, will heißen, wenn du ein Mann bist und in der westlichen Welt lebst oder wenn du weiß bist oder wenn du reich bist, all das kann dir das Leben leichter machen, dann liegen die Möglichkeiten einfach so vor dir, wenn du sie willst, kannst du sie haben, und dann kannst du sein, wofür du bestimmt bist. Aber wenn du nicht weiß bist oder wenn du eine Frau bist oder wenn du arm bist, oder du lebst irgendwo, wo es schrecklich ist, dann kann es passieren, dass du im Arsch bist. Deswegen liebe ich deine Mutter, Andrea. Weil sie für die Chancengleichheit kämpft.«

Als er meine Mutter erwähnt, platzt die Blase, die uns beide umschließt. Da draußen, außerhalb dieser Rede und dieser U-Bahn, gibt es die wirkliche Welt unserer Familie.

»Und das, was ich dir gerade erzählt habe, ist auch absolut fehlbar, weil, dein Scheißleben – entschuldige den Ausdruck – kann dir jeden Moment um die Ohren fliegen. So, deine Kinder, dein Job, deine Liebe, alles – kann sein, es macht einfach wumm, und was tust du dann, wenn ein Teil von deinem persönlichen Puzzle verschwindet? Wie hältst du alles zusammen?«

Die U-Bahn bleibt im Tunnel stehen und das Licht flackert und erlischt und er hält meine Hand und sagt mir, dass alles gut ist, alles ist gut mit uns.

»Ganz zu schweigen von deinen ureigensten geheimen Wünschen, die dich mehr fesseln als alles andere. Ganz zu schweigen von Lust. Alle schweigen von Lust. Warum sollen wir uns schlecht damit fühlen, dass wir uns gut fühlen wollen?«

Das Licht geht wieder an, die U-Bahn schaukelt weiter.

»Und das Schlimmste ist, was, wenn du gar nicht weißt, was dir gefällt? Was, wenn nie etwas bleibt?

Dann verbringst du dein halbes Leben damit, dich zu fragen, was du als Nächstes machen sollst. Was kommt jetzt?«

86th Street. Er bringt mich zur Schule, meldet mich am Empfang an, bezichtigt sich selbst, bringt die Sekretärin zum Lachen. Er mogelt sich einfach immer so durch, das aber brillant.

Er gibt mir einen Abschiedskuss. »Es bringt nichts, wenn du deiner Mutter davon erzählst«, sagt er, und das stimmt, und ich behalte es mein Leben lang für mich. Was hätte es auch gebracht?

An diesem Abend bleibt er zu Hause und am nächsten auch und anschließend noch ein paar Wochen, und dann ist er wieder weg. Eines Abends zieht meine Mutter über ihn her, sagt ein paar richtig böse, gemeine Sachen über ihn, direkt vor mir, und ich heule los. »Ich mag Dad«, sage ich. »Jeder mag deinen Vater«, sagt sie müde, »aber er ist drogenabhängig.« »Ich weiß«, sage ich. Sie kniet sich neben mich und hält mich fest, doch es geht dabei nicht um mich, sondern um sie.

Ein halbes Jahr später stirbt der Schauspieler an einer Überdosis. Als wir uns die nächste Oscarverleihung ansehen, erscheint das Gesicht des Schauspielers während des Gedenk-Abschnitts auf der Leinwand, und mein Vater weint neben mir auf der Couch vor sich hin. Meine Mutter sagt: »Um Himmels willen, Arthur«, und er sagt: »Ich habe seine Arbeit wirklich bewundert.« Am nächsten Tag versucht es mein Vater mit einem Entzug, zum dritten Mal in seinem Leben, wie ich erfahre. Er arbeitet mit, er geht zu den Treffen. Doch dann hat er wieder einen Rückfall, und diesmal bleibt es dabei, er und die Drogen, und er stirbt in unserem Wohnzimmer, in seinem Lehnsessel, high, während er eine Platte hört. Im Kopf stelle ich mir vor, dass es *Free Jazz* war, aber meine Mutter hatte die Musik längst abgestellt, als ich nach Hause kam, also werde ich nie erfahren, was es war, und zum Fragen ist es jetzt wohl zu spät.

Auf der Beerdigung meines Vaters hat meine Mutter die Arme um meinen Bruder und mich gelegt und sitzt da und schluchzt: »Was soll ich jetzt bloß machen?« Sie ist traurig und müde, aber zumindest ist es vorbei. Ich kann spüren, wie sie dem nachgibt – ich höre Erleichterung in ihrer Stimme. Hatte sie ewig auf diesen Moment gewartet? In dem es in die andere Richtung kippt. War sie nun bereit, war es Zeit für das, was auch immer jetzt kommt?

## ZUSAMMENFINDEN

Ein Buch erscheint.

Es ist ein Buch über Tod und Sterben und darüber, wie man es verkraftet, ein Kind zu verlieren, das todkrank geboren worden ist. Es ist autobiografisch, geschrieben aus der Sicht der Mutter, und es ist etwas, das ich in hunderttausend Jahren niemals lesen würde, weil es total deprimierend klingt, auch wenn es relevant für meine Familie und mich ist.

Meine Mutter schickt mir ein Exemplar des Buchs mit einem Zettel, auf dem steht: »Dieses Buch solltest du lesen. Hier im Haus haben das alle getan, und anscheinend hat es uns allen geholfen. Ich schreibe dir nicht vor, was du mit deinem Leben anfangen sollst, aber womöglich hilft es dir zu verstehen, was hier geschieht. Wir sehen uns zu Thanksgiving.«

Ich lese das Buch. Es ist erschütternd. Ich sitze in der Waschküche meines Mietshauses, und während ich darauf warte, dass der Trockner fertig ist, lese ich darin und wische mir die Augen mit dem Handrücken ab. Es gibt mindestens drei Kapitel, nach denen ich in Tränen aufgelöst bin. Ich weine um diese Mutter und ihr Kind und die ganzen Leute darum herum, die ihnen Liebe geschenkt haben, und außerdem weine ich um meine eigene Familie, die Menschen, die ich in meinem Leben verloren habe, meinen Vater, meine Freunde, Liebhaber, und auch um die Jahre meines Lebens, die niemals wiederkehren werden. Ein wahrer Frontalzusammenstoß mit der Sterblichkeit, dieses Buch. Gott segne dieses Buch.

Unvermittelt poste ich ein Zitat daraus auf meiner Facebook-Seite, zusammen mit einem Bild von meiner Nichte, und ich bitte die Menschen, ihr gute Gedanken zu widmen, was sich krass und viel zu privat anfühlt, und trotzdem kann ich nicht anders, so kann ich die meisten Menschen erreichen, so muss ich mich nicht ganz so allein fühlen mit dieser Situation in diesem Augenblick. Ich achte nicht auf die Likes, aber ich weiß, sie sind da.

Meine Kollegin Nina sieht, wie ich das Buch während der Mittagspause in unserer Box lese, und sagt: »Sieht nach Horrortrip aus«, und ich sage in ernstem Ton: »Ist es auch«, und sie lächelt und will gerade etwas sagen, das sicherlich geistreich und total witzig gewesen wäre, aber dann kommt etwas über sie, ein Anflug von Weisheit vielleicht, was angesichts ihres Alters und ihrer Ichbezogenheit überrascht, aber vielleicht ist jetzt die Zeit für Veränderung, und sie fängt sich und sagt zu mir: »Alles okay bei dir?«, wahrscheinlich zum ersten Mal überhaupt.

Ich rufe meine Schwägerin Greta an, um über das Buch zu reden, aber mein Bruder David nimmt ab und irgendwie umgehen wir das Thema komplett, und dann reicht er das Telefon an seine Frau weiter und wir landen so gut wie sofort dabei, mittendrin. Und ich sage: »O mein Gott, dieses Buch, kann sein, dass ich mich nie wieder davon erhole«, und sie sagt: »Versuch, es zu leben.«

Ich gehe zu einem Date mit einem Mann, den ich aus dem Internet kenne, und er hat fahle blaue Augen und ist Raucher und sein Bein zappelt oft, sogar wenn er sitzt, und er arbeitet in der IT und ich frage ihn, ob er das Buch gelesen hat, und er sagt: »Wieso sollte ich das lesen?«, und ich sage: »Ich weiß nicht, ich dachte, ich frag mal. Ich hab jemanden gesucht, mit dem ich drüber reden kann«, und er kann nichts dafür, dass er nicht drüber reden will, aber das will er wirklich auf keinen Fall.

Ich rufe meine Therapeutin an, die ich vor einem halben Jahr gefeuert habe, wegen eines Auffrischungstermins. Ich setze mich auf ihre Couch und halte das Buch hoch und sie sagt: »Andrea, ich bin froh, dass Sie sich endlich damit beschäftigen«, und auch wenn sie total recht hat und ich mich schon lange damit hätte beschäftigen sollen und es eine gute Sache war, dieses Buch zu lesen, hat ihr Ton etwas Selbstgefälliges, das mich daran erinnert, warum ich die Beziehung mal beendet habe, also habe ich dieses Jahr schon zwei gute Entscheidungen getroffen.

Als ich meine beste Freundin Indigo zum Kaffee treffe, erzähle ich ihr von dem Buch und sie sagt: »Ach, davon habe ich gehört, wie alle Mütter, dieses Buch liest man, wenn man das Gefühl hat, man schläft nie wieder eine Nacht durch.« Mütter, denke ich. Das ist jetzt ihr

Club, was ich manchmal vergesse. Wir haben wirklich schwer daran gearbeitet, uns mal zu treffen, nur wir zwei, seit sie und ihr Mann sich getrennt haben. Ihre Mutter spielt nur zu gern den Babysitter für sie. Sie fährt fort: »Ich habe ein Interview mit der Autorin gesehen und dann habe ich der Familie ein Yogatraining gewidmet, ich habe ihnen meine besten Gedanken geschickt. Mir würde es schwerfallen, das zu lesen, mit einem fröhlichen, gesunden Baby zu Hause. Man fühlt sich geradezu schuldig, dass dem eigenen so gar nichts fehlt.« Schuld – ein Gefühl, das ich kenne. »Willst du denn, dass ich es lese?«, fragt sie. »Würde dir das irgendwie helfen in deinem« – sie legt die Hände in Gebetshaltung – »Prozess?« Ich schließe sie in die Arme und drücke sie und sage ihr, dass ich sie liebe und dass sie in meiner Gegenwart nie wieder das Wort »Prozess« verwenden soll.

Als ich gerade glaube, mich von dem Buch erholt zu haben, ruft meine Mutter an. »Komm jetzt gleich«, sagt sie. »Warte nicht bis Thanksgiving. Es ist so weit.«

Ich bitte meinen Chef um eine Woche Urlaub. Das geht schon lange so mit den freien Tagen, den frühen Feierabenden, den verkaterten Vormittagen, der allgemeinen Halbherzigkeit. Ich erkläre ihm, dass man meine fünfjährige Nichte von der Magensonde genommen hat, und bald wird auch das Beatmungsgerät entfernt. Ich mache mir nicht die Mühe, ihn zu fragen, ob er das Buch gelesen hat.

»Tut mir leid, das zu hören«, sagt er. »Bei dir ging es ja ziemlich … rund in letzter Zeit. Alle Zyklen des Lebens.«

»In der Tat«, sage ich.

»Du, hör mal«, sagt er. »Willst du mal darüber reden, wo du hier gerade stehst, wenn du zurück in der Stadt bist?«

»Eigentlich nicht«, sage ich. »Doch, ja.« Es ist mir scheißegal. Schön. Gut. Fertig.

Ich fahre zur Penn Station und kaufe ein Zugticket nach Portsmouth. Dann kaufe ich eine Schachtel Krispy Kremes, drei mit Schokoglasur, drei mit Schokoglasur und Zuckerstreuseln, drei mit Erdbeerglasur und drei klar glasiert. Sie sind noch warm. Ich steige in den Zug und esse drei davon auf, frag mich nicht, welche, ich schmecke sie nämlich kaum. Bis New Hampshire habe ich drei weitere gegessen. Ich treffe meine Mutter vor dem Bahnhof, an ihrem Auto. Ich sage: »Ich hab dir was mitgebracht«, und ich klappe die Schachtel mit den Donuts auf, und sie nimmt einen, ohne auch nur hinzusehen.

Meine Mutter und ich fahren tiefer nach New Hampshire hinein. Ich habe sie letztes Jahr auf der Party zu meinem vierzigsten Geburtstag gesehen und diesen Sommer, als sie zur Beerdigung ihrer besten Freundin in die Stadt gekommen war, öfter nicht, und das schon länger. Wir schweigen fast die ganze Fahrt über, allerdings hat sie Husten, einen seltsamen, trockenen Husten, also wird die Stille manchmal von diesen Lauten unterbrochen. Ich will sie fragen, ob sie nach New York zurückkehrt, jetzt, wo ihre Hilfe für das Baby nicht mehr gebraucht wird, aber das kommt mir so grob vor.

Eine Stunde später halten wir vor ihrem Haus, und ehe ich die Autotür öffne, legt meine Mutter ihre Hände auf mein Knie und sagt: »Warte, ich muss dir noch was erzählen.« Ich sage: »Es ist schrecklich da drin, ja?« Sie sagt: »Ja, das auch, aber was du wissen musst, ist, dass Sigrid schnell abbaut. Die Hospizschwester war heute Morgen da und sie glaubt, wir können vielleicht nur noch den Rest des Tages mit ihr verbringen. Also sei bereit, dich zu verabschieden. Sei für die beiden da, ja, aber sei auch für sie da, denn danach wirst du sie nicht mehr kennenlernen.«

»Ich will zuerst mit David reden«, sage ich. »Nur ganz kurz.« Mein Bruder, der mir manchmal so abhandenkommt. Nur ein ganz dünner Faden verbindet uns noch. Eine gedämpfte Stimme, ehe er das Telefon weiterreicht an seine Frau. Wenn ich die Augen zusammenkneife, sehe ich die erlöschende Glut unseres gemeinsamen Familiensinns.

Ich gehe durch die rote Tür unter dem bröckelnden Backstein. Im Haus ist es dämmrig und überall brennen Kerzen. Es gibt ein rundes Wohnzimmer, in dessen Mitte Greta sitzt und ihre Tochter hält. Sie ist nie viel gewachsen, das kleine Mädchen. Ich küsse sie. Ich küsse Greta, streiche ihr die Löwenmähne aus dem Gesicht. Wer immer sie vor fünf Jahren war, bevor dieses Baby zur Welt kam – die clevere, urbane Zeitschriftenredakteurin von damals hat sich der Ungeheuerlichkeit ergeben, jemanden, den sie liebt, in der Krankheit zu begleiten. Ich blinzle auch nach ihrer Glut, ihren Bikerjacken und französischen Pfennigabsatzstiefeln und ihrer lebendigen, inspirierenden Zuversicht. Stattdessen sehe ich Yogahosen und ein gebrochenes Herz.

Ich umarme meinen kahlen, gebeugten, erschöpften, vollbärtigen Bruder, und ich nehme ihn am Arm und führe ihn durch die Küche hinaus in den Garten, zu der kleinen Hütte, wo er seine Aufnahmegeräte und Instrumente verwahrt. Ich weiß nicht, was ich sagen soll. Einmal, bevor seine erste Band durchstartete, waren wir zusammen im CBGB, total minderjährig, schlimme Kids auf der Suche nach Spaß, und wir sahen Sonic Youth, nur dass die anders angekündigt waren, unter anderem Namen, Drunken Butterfly, und sie kamen erst ganz am Schluss, so gegen drei Uhr morgens, und wir waren schon so müde, als wir hinkamen, boxten einander aber ständig vor Aufregung, und dann kamen Sonic Youth endlich auf die Bühne und spielten eine Stunde lang Rückkopplungen, und ich war high von dem ganzen Rauch und davon, dass ich immer wieder vom Bier meines Bruders trank, und mir war, als würde ich gerade zwei Schritte nach rechts tun in einen Raum, von dem ich gar nicht gewusst hatte, dass es ihn gab, und ich war so froh, dort hingelangt zu sein. Er war es, der mich mitgenommen hatte. Dieser Mensch vor mir. Dieser müde, traurige Mann.

»Ich bin so froh, dass du gekommen bist«, sagt er. Er drückt einen Knopf an seiner Stereoanlage, und schöne, seltsame Gitarrenläufe erklingen. »Ich bin ganz da für dich«, sage ich. »Ich bin da, wie sehr du mich auch brauchst, oder sag mir, dass ich gehen soll, wenn du willst, dass ich gehe. Was immer du willst.«

Mein Bruder sagt, dass er nach dreißig Jahren aufgehört hat, Pot zu rauchen. »Ich mache jetzt dieses Ding, wo ich ganz in der Präsensform lebe«, sagt er. »Wie fühlt sich das an?«, sage ich. »Ach, schrecklich«, singt er. »Dann hast du auch nichts mehr da, oder?«, sage ich. Er schüttelt den Kopf. »So funktioniert das nicht«, sagt er. Er zeigt auf die Boxen. »Das ist für sie, was meinst du?« Ein langsamer Chorus wie ein Trauergesang setzt ein, seine Stimme in mehrfacher Überlagerung. »Ich bin sicher, das würde ihr gefallen«, sage ich. Wir schweigen, bis der Song zu Ende ist. »Davon habe ich genug für ein Album«, sagt er. Kurz empfinde ich sowohl Neid als auch Ehrfurcht, weil mein Bruder so musikalisch begabt ist und weil er so frei auf sein kreatives Ich zugreifen kann. Aber so ist er nun mal, er hat die Familienlotterie gewonnen, er trägt das Beste von unserem Vater in sich.

»Hör mal, Andrea, vor allem bin ich froh, dass du da bist, damit du dich von ihr verabschieden kannst«, sagt er. »Wir haben das schon gemacht, ich meine, ich glaube, das ist durch, wir sind durch. Aber sie ist auch ein Teil von dir. Ich weiß, du hast das nie gesehen, aber wir anderen schon, und es ist wichtig, dass du weißt, dass sie zu deiner Familie gehörte.«

»Ich weiß es!«, sage ich. »Ich bin jetzt da. Ich liebe sie.« Aber es ist das erste Mal, dass ich es so ausspreche. Also ist es wohl an der Zeit, es auch ihr zu sagen.

Ich gehe ins Haus, durch die Küche, wo die Krispy-Kremes-Schachtel leer auf dem Tresen steht, zurück ins Wohnzimmer, und meine Schwägerin erhebt sich und reicht mir das Baby. Meine Mutter ist in der Küche und schreit nach mir, fragt, ob ich irgendwas will. »Hast du Wein?«, sage ich. »Nein«, sagt meine Mutter. Ich schaue Greta an und sie schüttelt den Kopf. »Ist das jetzt ein alkoholfreier Haushalt?«, sage ich. »Im Moment ja«, sagt Greta. »Ich protestiere«, sage ich schwächlich. Aber ich schätze, sie ist ganz in Ordnung, die Präsensform, wie mein Bruder sagte. Diesen Moment wird es nie wieder geben, und dieses Baby in meinen Armen wird auch verschwinden.

Ich setze mich mit Sigrid in den Sessel. Ihr Haar ist dunkel und weich und es kräuselt sich unter den Ohren. Sie ist dünn und ihre Knochen fühlen sich weich und zart an, aber eckig in den Gelenken, wie angespitzt. Sie atmet ruhig. Ich beuge mich herunter und drücke die Lippen an ihren Kopf und halte sie ganz fest und ich schließe die Augen und denke: Dein Blut ist mein Blut. Du schönes Mädchen. Okay, schon gut, gute Nacht, leb wohl. Dann setze ich mich auf und nehme ihre kleine Hand in meine.

Greta hat sich inzwischen auf der Couch unter einer Decke zusammengerollt, überall Haar, ungeheures, üppiges Haar. Dunkle, staubige, braune Samtvorhänge hängen hinter ihr. Eines Tages werde ich das malen, verspreche ich mir selbst. Ich muss mir ganz genau einprägen, wie sie aussah, für den Fall, dass ich dieses Haus niemals wiedersehe. Ich werde sie malen. Ich frage sie, wie es ihr geht, ob sie für sich selbst sorgt. Ob sie gut beieinander ist, ob sie das überstehen wird. Ich denke auch an sie und meinen Bruder, ob ihre Ehe es schaffen wird, aber diese Frage steht mir nicht zu, jetzt jedenfalls nicht. Greta erzählt mir ein bisschen davon, warum sie diese Entscheidung getroffen haben, ein paar gesundheitliche Rückschläge für Sigrid in letzter Zeit, ein Gespräch mit einem Arzt, noch ein Gespräch mit einem Arzt, und dann sagt sie: »Eigentlich spielt es auch keine Rolle mehr. Diese Geschichte ist vorbei.« Und schüttelt den Kopf, selbst diese so simple Bewegung durch spirituelle wie körperliche Ermüdung verlangsamt. Mit dem nächsten Satz lässt sie sich Zeit, aber endlich sagt sie ihn: »Du wirst mir fehlen, Andrea, wenn ich nicht mehr mit dir reden kann.« »Sag das nicht«, sage ich. »Wir reden weiter.« Sie schenkt mir ein trostloses Lächeln.

Mein Bruder kommt durch die Tür. Ich schaue die beiden an, während ich dieses Baby halte. Greta sieht zu, wie ich ihre Tochter halte, und sie weint unverhohlen. Er lehnt am anderen Ende des Zimmers in dem kleinen Durchgang, der zum Arbeitszimmer führt, leicht gekrümmt in seinem Schmerz, der Bart so wild, dass er beinahe zu schweben scheint. *Findet zusammen*, denke ich und halte ihr sterbendes Kind. Jetzt müsst ihr zusammenfinden, nicht auseinanderdriften. Die beiden waren die Beziehung, die ich wollte in all den Jahren, oder die Beziehung, von der ich dachte, dass ich sie wollen sollte, jene, die dem wohl am nächsten kam, was ich erreichen konnte, sollte ich tatsächlich einmal beschließen, dass ich Liebe wollte. Und sie ertragen es nicht mal, einander zu stützen, so kurz vor dem möglichen Zusammenbruch. *Findet zusammen.* Verzeiht euch selbst, will ich ihnen sagen. Niemand kann etwas dafür, niemand hat hier versagt. Es ist sogar euer Erfolg, dass ihr sie so lange am Leben erhalten habt, dass ihr euch dieser Sache gewidmet habt, diesem unbegreiflichen Wesen, das in meinen Armen kleine Schnaufer ausstößt, ein winziger Zug, der in den Bahnhof einläuft. Ich hätte das nie geschafft. *Ich bewundere euch.* Gebt einander nicht auf. Doch niemand rührt sich. Ich denke: Ich zähle jetzt bis zehn. Und wenn ich mit Zählen fertig bin, wird sich einer von euch beiden Menschen auf den anderen zubewegen, und dann werde ich wissen, dass ihr es schafft. Ich halte die Hand des kranken Babys. Sie ist fast kalt. Sigrid rührt sich nicht. Ich beginne zu zählen.

# DANKSAGUNG

Danke an meine frühen Leser für großes Hirn & großes Herz: Lauren Groff, Courtney Sullivan, Bex Schwartz, Emily Flake und Alex Chee.

Danke an meine Leute: Rosie Schaap, Stefan Block, Maris Kreizman, Rachel Fershleiser, Jenn Northington, Megan Lynch, Zach & Sarah Lazar, Jason Kim, Steve Toltz, Hannah Westland, Vannesa Shanks und John McCormick.

Ein Teil dieses Buchs wurde in der Frontispiece Hudson Residency geschrieben. Vielen Dank an Colby Bird und Jacqui Robbins für ihre Großzügigkeit.

Danke an Brooklyn, New Orleans, Buchhandlungen, Bibliotheken, Leserinnen und Leser und Leute im Internet, ihr wisst, wer ihr seid.

Danke an meinen perfekten Agenten Doug Stewart.

Danke an meine perfekte Lektorin Helen Atsma.

In Liebe, wie immer, für meine Familie.